美文馆

正能量●美文馆

天亮，是因为你的脚步

TIANLIANG SHI YINWEI
NI DE JIAOBU

心灵
正能量

主编◉王国军

郑州大学出版社

图书在版编目(CIP)数据

天亮,是因为你的脚步/王国军主编. —郑州:郑州大学出版社,
2015.2(2023.3 重印)

(正能量·美文馆)
ISBN 978-7-5645-2137-0

Ⅰ.①天…　Ⅱ.①王…　Ⅲ.①散文集–中国–当代
Ⅳ.①I267

中国版本图书馆 CIP 数据核字(2015)第 006125 号

郑州大学出版社出版发行

郑州市大学路 40 号　　　　　　邮政编码:450052
出版人:孙保营　　　　　　　　发行部电话:0371-66658405
全国新华书店经销
三河市鑫鑫科达彩色印刷包装有限公司印制
开本:710 mm×1 010 mm　1/16
印张:13
字数:194 千字
版次:2015 年 2 月第 1 版　　　印次:2023 年 3 月第 2 次印刷

书号:ISBN 978-7-5645-2137-0　　定价:42.00 元
本书如有印装质量问题,请向本社调换

编委名单

序

曾和一群朋友讨论过，什么样的生活是我们想要的。我想，这种生活，首先是自由的、快乐的，令人满意的，并且能通过自己的双手演绎得精彩无限。

也许每个人都希望自己是幸运的，做什么事情都一帆风顺，但命运这架天平的砝码，却永远掌握在自己的手里，想要多好的生活，就应该付出多大的努力。中间多艰难不要紧，只要肯努力，总会有一条路能走出精彩。

但很多时候，看到别人被鲜花和掌声簇拥，很多人并不去想那掌声和鲜花背后的汗水和泪水，却总是怨恨老天的不公，哀叹自己的怀才不遇。仔细想想，没有奋斗，哪来的成功？因此，不要羡慕别人的成功，不要埋怨自己付出了却没有收获，应该静下心来，想一想，你真的为你的梦想做到问心无愧了吗？

我们来看看这个奋斗的"奋"字吧，上下拆开，就是"一""人""田"三个字。你想想啊，一个人在一块很大的田地里劳作，能不辛苦吗？可是，也只有辛苦劳作，才会有收获，才会有成功。任何成功都不是平白无故而来的，不是躺在家里做白日梦就能得来的，必须"奋斗"才行。"奋"是一种态度、一种气魄、一种谋略，而"斗"却是实干，是争取。

当然，要想成功，也并不是仅靠奋斗就行的，还要善于把握机遇，人生总有很多偶然，每次偶然也都是一次机遇，只要抓住其中一次机会，坚持不懈，就能改变自己的命运。

编选"正能量·美文馆"丛书，是我们响应广大读者的阅读要求，新扩展的贴近生活、贴近心灵的系列图书，也是一套教你排除负面情绪，掌控正向能量的心灵之书。"正能量·美文馆"丛书共计十卷，精选《读者》《青年文摘》《格言》《知音》等知名杂志作家最温暖人心的心灵美文，作者涵盖朱成玉、王国军、刘清山、包利民、马浩、鲁先圣、孙道荣、清心、古保祥、崔修建、侯拥华、纪广洋、凉月满天、张军霞等人。

这些精选的美文内容生动、充实，或出自你我身边，或源自经典案例，或来自于内心深处的思想结晶，在这些文字中，你可以感悟青春，体验爱，领略成功的魅力……

编者
2014 年 8 月

目 录

1

第六辑
他们都曾有过漫长的黯淡时光

第一辑

每一朵鲜花都朝太阳奔跑

苦难如生命中的盐,而不完整的心就像伤口,疼痛如针钻刺。疼痛后将心复原,便会于苦难中品咂出幸福,或者于伤痛中生长出希望,开出最美的花朵。

每一朵鲜花都朝太阳奔跑

王国军

那一年,我初三毕业。母亲得了一场大病,花光了家里所有的积蓄。眼看着离开学的日期越来越近,但我和哥哥的学费依然没有着落。父亲把旱烟袋抽得啪啪直响,但里面没烟,父亲抽的是无奈和焦急。

父亲只好去借高利贷。说实话,我是不愿意去读师范的,我想读高中,读大学,但在生活窘迫的那个年代,只是一种奢想。父亲希望我能早日出来工作,以缓解家庭沉重的压力。

入学后,家境贫寒的我,成了大家嘲笑的对象。吃饭的时候,我只能跑到偏僻的教学楼顶层,啃着冰冷的馒头,唯一的菜肴是从家里带来的咸菜。班上自发组织的活动,我是从不参加的,因为没钱,我只能躲在寝室里,看书或者胡乱写些文字。

不过,我也有让大家羡慕的事,那就是我写得一手好毛笔字,还有我经常能在学校的校报上发表几篇"豆腐块",这让我在别人如刀的目光中至少可以找回点自尊。

毕业那年,学校准备组织一批有书法功底的学生去省里参加培训。班主任推荐了我,考虑到我家的情况,班主任还特意向学校申请,减免我一半的费用。尽管如此,剩下的钱对我来说,依然是一个天文数字。

消息传到班上,很多人肆无忌惮地攻击:"瞧他这个德行,穿的还不知是哪个垃圾堆里捡来的臭鞋。还想鲤鱼跳龙门,500块,出得起吗?"

一直以来,我穿的都是一双雨鞋,被割掉一半的雨鞋。这是入学那会儿,母亲给我做的,她说:"城市里的人都穿皮鞋,咱买不起,我就给你做双

鞋，穿上，照样神气，不输给城里人。"于是，在同学们冰冷的目光里，我照样把鞋子踩得噔噔直响，一脸傲然。

我很想去参加培训，那些天，我一直都在做一个同样的梦：我站在雄伟壮观的展会大厅里，手捧着书法比赛的最高奖项，下面是那些曾鄙视和嘲笑我的同学，他们羞愧地低着头，我的心飞翔起来了。

父亲打电话过来，他还是那句话："就算砸锅卖铁也要支持你。"于是，我期盼着父亲能早早把钱送过来。等了三天，仍没见消息，离最终确定的日子，只剩下一周了。班主任再次找我，问我有什么困难？我咬咬牙，说没有。背后传来一阵冷笑，无知的坏笑。

中午时，突然有人叫我："你爸在门口等你呢。"我反问："你怎么知道是我爸爸，你又没见过他。"同学摆出一个拇指向下的手势说，那还不简单，和你一样穷呗。跑到门口，果然是父亲，他手里提着一大袋黄米粉，说："这是你母亲给你做的，香着呢。要搞好同学关系，好东西不要只一个人独享，所以你妈妈让我多带点过来。"我反驳说："他们才不稀罕这些破东西呢。"我看见父亲本来笑容满面的脸一下子落寞了，良久，他才说："儿子，咱家是穷，可也要穷得有骨气。"

我留父亲吃了一顿简单的午饭，到走的时候，父亲依然只字不提500元的事，我忍不住提出来，父亲从身上摸出一小团烟草，塞在烟枪里，划了几根火柴，才点燃。父亲在青烟里平静了一下心情，他声音沙哑地说："孩子，只要你写得好，终究能出人头地，何必在乎一场培训呢？"然后，用不知从哪里学来的一句话补充："如果你是鲜花，你总能朝着太阳奔跑。"

父亲的话，其实在我的意料之中，但我还是哭了，为自己没能在同学面前潇洒地抬一次头。班主任再次找我，我没有说是因为家里出不起钱，我只是说我想写一本长篇小说，我有志于朝这方面发展。

就在培训团出发的当天，电视上报道，附近的一座黑煤矿发生瓦斯爆炸，死了好多人，母亲焦急的电话也来了："你爸说去井下给你赚培训费，回来没有？"我顿时觉得天昏地暗，连忙朝门口跑去，不远处一个熟悉的人影跑过来。正是父亲。他脸上的胡须很长，一件衬衫已经支离破碎，手上还有一道道鲜明的伤痕。

父亲不安地说："有没有耽误你的行程？你快去吧，我把钱带来了。"我一把扯住他的手，热泪满面："爸，你怎么能去冒这么大的危险，要是你没了，我可怎么办？"父亲搓着手说："孩子，你爸不是个言而无信的人，答应你的事，我就尽力做到。我运气还好，刚上来，就爆炸了。"父亲说完就要去找我的班主任，我说："爸，我早想通了，我不去了。您不是说过么，是鲜花总会朝着太阳奔跑，我相信我是一朵傲人的花朵。"

那一刻，我才真正觉得自己长大了。后来，我参加了省里组织的青少年书法比赛，获得一等奖，还接受了电视台的采访。当我捧着金灿灿的奖杯回学校时，所有的同学都对我刮目相看。

读师范的第三年，我凭着优异的成绩考上了湖南师范大学，再后来就是硕士、博士。今年，我又出版了我的第一本长篇小说。我真的在朝着太阳奔跑，是父亲给了我信心和勇气。

父亲，我的茎和根都在你那里，因为爱，我才能勇敢地朝着太阳奔跑。

小幸福

何红雨

一家人住在海边，在夏日的傍晚，海风清凉地吹过。孩子在沙滩上独自玩耍，我们一起漫步，一起回忆曾经的岁月，有欢笑，亦有眼泪，身后是一串串深陷的脚印。

在不大的庭院里，我种下的樱花都绽放了。杏树、梨树、桃树也都吐了花苞，四叶草锦簇似一个可爱的绿色绣球，偶尔还点缀了紫色的小花。旁边的蔬菜也已经发出了嫩芽，真是美好的春天啊，瞧那几棵年轻的柳树也已经抽出了鹅黄的嫩芽。在温暖的春阳下，有我的摇椅，有我喜欢的小木桌，桌上的茶杯正弥散着清香，还有我喜欢的书，正被我捧在手中。

在一片空旷的原野上，盛开着黄色的向日葵，它们迎着阳光，骄傲似微笑自信的美丽公主。一个人漫步于整片的向日葵间，却并不感觉孤单。是啊，可以嗅得阵阵芬芳，还有轻风舒舒缓缓地抚过，于是，所有的忧伤烦恼全都被驱散了。

在山的一角，有美丽的暖阳。这正是一年中最好的时节，三、四月的阳光暖暖地照着。山下的野花，浅粉或者淡紫，素白或亮黄的颜色，它们那么悠然自得地绽放，兀自摇曳，在和煦细微的清风中。这些时候，我会想到那些世间的小生命，或许并不起眼，但也不会卑微地苟且生存。即使没有人肯来欣赏，也一定要活出自我的精彩和绚烂。

寒冷的冬天，即使飘雪，即使刮风，我也还是会不怕冷地出门，去赏那冰天雪地中的万千景物。甚或，只是一个人静静地走走，停停，也是好的。让心宁静下来，也让自己沉寂下来。只一人，兀自地面对一派寂寥萧索的冬之

景致,心里也是十分欢喜。

一个人骑单车,穿越一条小径,或许蜿蜒,或许悠长,但却没有疲累感。耳畔是呼呼的劲风,扑鼻的是散落野花的清香。可以一直骑着单车,向着远方不断驰骋,哼唱喜欢的歌曲。

在有风的时候出门,即便只是一个人,也是极好的享受。生命在这些时候,早已不再需要过多的束缚,只有自由,也只享受那些自由。让心轻松起来,飘飞起来,直至更为遥远的天际,以及海的一角。

在街角,遇到一位腿脚不便的老人,便上去搀扶。也许,他并不会对你说声"谢谢",亦会感觉十分幸福。毕竟,去做一些力所能及的事,或者带给他人更多的方便和快乐,便已经是种很好的享受。

两个人的世界,不一定那么奢侈。有爱情就足够。或许仅是两杯自煮的咖啡和轻柔的音乐,一起做家务,一起眺望窗外的街景,就已经非常幸福。

散步看到的玉兰树,已经结了微小的苞蕾,暖冬里再开花,已经不是第一次。玉兰的枝丫间还有两个鸟巢,又别有风骨。鸟巢并不很大,却足以使幼鸟享受家的温暖及母亲的爱抚,看到此景,觉得好幸福,好感动,好喜欢。便不由地想起一些温润的时光,或许短暂,但却会永远记得……永不会忘却。

寒冷的冬天,有雪花飘飞,是夜色朦胧的时候,城市的街头闪烁着霓虹。在马路的那头,一对年迈的老人,相互搀扶,走在雪夜的风中。他们抬头,看到眼前高楼闪亮的灯光,似乎已看到了他们蓄满温暖的家。

出门时,看到那些被父母宠爱着的心肝宝贝,便停下脚步,让思绪回溯——如她们这么大时,自己衣衫褴褛,父母远在外地,可自己不也很好地长大了吗?那些遥远而模糊的记忆,虽浸满苦涩,却也藏满幸福。

在郊外或者山下,盖着一个蘑菇形状的可爱房子。太阳暖暖地照着,我推着母亲出来,走走,晒晒。轮椅上的母亲气色极好,笑着问我:"可以一直不用上班,推我出来走走,再晒晒太阳吗?"

小幸福很多很多,它们总是漾满我的心海。或许每天都在忙碌,没有时

间去顾及它们,但却因为它们的存在,我的内心始终愉悦和丰盈。也许目前它们是缺失的,可是,我依然能够感知——在不远的未来,我能够拥有它们。所以,在每天的纷繁和忙碌中,我亦是喜悦的、感动的。我总是感怀,总是回味,总是畅想,并且也总是用心地做好每一件事。因为我想,我所需要的那些幸福啊,或许就在我的每一分努力和辛苦中,只要我用心感受、用心创造,生活中,我将不再会缺失小幸福。

不能望，不能忘

包利民

一

那一年大洪水，江堤崩溃，在黑沉沉的夜里，大水席卷了沿岸好几个村庄，离大坝最近的那个村子，连房顶都看不见了。虽然之前早已进行了疏散，可仍有不少人留在村里，于是在深夜两点，我们临时组织的救援队，驾着几条机动船，开始了救援行动。

由于救下不少人，我们经过几次往返，到达离江堤最近的村子时，天已经放亮。这里水最深，所以和我们一起过来的还有一艘大船及潜水员。忽然听到小孩的哭声，向前看去，茫茫的水面上，一个小孩在远处。近前，是一个六七岁的男孩，双手被绑在露出水面的一截木杆上，正在哭喊。把男孩救上船，他却指着水下喊着"爸爸妈妈"，潜水员忙潜下水去，过了一会儿，上来告诉我们，下面是一户人家的院子，一对夫妇正在木杆的底下，靠着墙角，两人都在支撑着木杆。此时他们已经没有了生命，可那份最后的力量还在。

可以想象，洪水突袭，他们逃脱无望，把自己的孩子固定在木杆上，然后将木杆竖在院墙的拐角，两人紧紧地支撑着不让木杆在洪水中倒下。最后的时刻，他们用自己的生命，将孩子托举出水面。

那样的情景目不忍睹，会逼出我满眼的泪。而又不能忘却，心飞回去，便溢满软软的疼。

二

　　住在城市边缘的时候，前面有几座废弃的土房，由于地处偏远，城市里轰轰烈烈的房地产开发并没有蔓延到这里。而其中的一个房子里，住着一家三口。不知他们是从何时何处而来，只是每日都能目睹他们的艰辛。夫妇二人在那些空房子里养猪，就是大家所说的垃圾猪，男人每天都去城外的大垃圾场捡能喂猪的东西，回来倒进一口大锅里，烧着捡来的垃圾熬猪食。这时，一股很难闻的气味便弥漫开来。我心里也时常反感，且不说垃圾猪是不让养的，就是这种味道，也让我深受其害。

　　那家的女孩才八九岁，在郊区的一个小学读书。由于离得太近，我在院子里就能听见他们一家的喜怒哀乐。这天傍晚，女孩放学回来，对父母说："快过中秋节和教师节了，别的同学都给老师送礼了！"男人说："五月节的时候咱们没送，老师不是也对你挺好的吗？"女人也说："咱们家哪有钱送礼啊！只要你学习好，老师就会喜欢你！"良久没听见女孩的声音，倒是那些猪又到了喂食的时间，齐齐地叫起来。过了一阵，男人女人安抚了那些猪，太阳也落山了，男人忽然说："丫头，总不送礼也不好，老师对你那么好，别人都送，咱们更应该送！我决定过几天卖一头猪，给老师送完，咱们也能过个节。孩子好几年没吃过月饼了！"听见的回应是女孩的笑声。

　　八月节的前一天，我正在房里写东西，忽然听到一阵女人的哭声。忙出去看，见那家的女人正蹲在地上大哭，男人一脸铁青地站在那儿，他们面前，是死了一地的猪。我也惊呆了，原本困难的生活，这一场灾难对他们来说无异于天塌地陷。好一会儿，男人斥责女人："别哭了！孩子快回来吃午饭了！唉，又要对不起老师了，咱们丫头好几年没吃过月饼了！"

　　女孩回来后，也哭了。她对父母说："没事儿，不用送礼了，我学习最好，老师肯定还会喜欢我。等我以后挣钱了，给你们买最贵的月饼吃！"男人埋头抽烟，女人抹着眼泪。

黄昏的时候,女孩大声喊着"爸爸妈妈"回来了。我已被这一家子的生活所吸引,便又出门看。只见女孩提着一个纸盒,对爸爸妈妈说:"你们看!老师说我学习好,奖励了一盒月饼!来,给你们吃!"她拿出一块月饼,掰成三小块,在父母嘴里各塞了一块,自己也吃了一小块。吃着月饼,男人忽然上前,将女人和孩子拥进了怀里。

在这个万家欢乐的中秋节前夕,他们一家却拥抱在一起,淌了满脸的泪。

三

曾有一幕,深深地镌进我的心底。

那时我正在一个山村当代课老师,与世隔绝的地方总有一种想象不到的贫穷落后。这里的孩子虽然有着山里人的淳朴,也有着那种难驯的野性。他们常常会为一些小事纠缠扭打,头破血流。相比之下,班上的邱鹏算是一个比较文静的男孩子,他很沉默,学习也挺好,只是家里更穷,自从父亲在山上采石头出了意外去世后,只剩下多病的母亲带着他和妹妹。

那次我从城里回来,给学生们带了一些他们闻所未闻的小食品,每个人手里都分到了一块。大家立刻吃起来,连女生们也是三口两口就吃完了。我发现,邱鹏一口也没吃,自始至终只是闻了几下,便塞进口袋里了。

放学后,孩子们如脱缰的野马一哄而散。我像以往一样走出学校,想到后面的山上看落日。刚出校门,便听见那边一片吵闹声。过去一看,只见班里的几个男生正围打邱鹏。可他一点也不屈服,一反平时形象,状若疯狂。他右手紧攥着那块小食品,手上也被抓破了好几处,鼻子淌着血。我明白了,定是那些男生眼馋他留下的小食品,动手抢夺。

见我过来,他们四散而逃。邱鹏道了声谢,便向家里走去,我悄悄跟在后面,怕那些淘气的孩子再回来。到了家门口,邱鹏停下脚步,仔细地把脸和手上的血擦净,又整了整衣服,才进去。隔着墙,看见他们兄妹两个正和

母亲推让那块变了形的小食品，最后，母亲吃了一口，眼里溢满闪烁的泪花。

那一刻，这个八岁的男孩给了我一种久违的震撼和感动。想起城里的那些孩子，公主王子般的生活和骄纵，一种朴素的温暖直入心灵。也许这些山里的孩子很野，也许他们不知道奥特曼、肯德基，可他们的心却未蒙尘，如山间那弯最纯净的泉。

不让你看见

包利民

一

她在夜里头痛得死去活来,细数着长夜的每一秒煎熬。常常是痛得麻木了,昏然睡去,又于梦中疼醒。就这样辗转到天明,霞光映亮了窗户,痛也如潮水般退去。她会立刻悄悄起身,仔细地洗漱,小心地掩盖着脸上的疲倦。然后出来,看见妈妈,她会露出最美的笑脸,高高兴兴地吃过早饭,去上班。一直以来,她从不让妈妈知晓她的病痛,妈妈早年守寡,拉扯她不容易,她不会再让妈妈为她担心忧虑。

每次她上班走出家门后,妈妈脸上的微笑便会隐去,眼中有着一种深深的疼爱和忧虑。然后妈妈便也出门,去打听那些治头痛的偏方。是的,妈妈早就知道女儿夜里的痛苦,也知道女儿一直隐瞒着不让自己知道,还要装出精神焕发的样子,就是不想让自己担心。而妈妈也是将那份担忧与心疼尽掩,不让女儿看见。

不让你看见,是希望你心安,希望你快乐、幸福些。

二

他提出分手的时候,她竟一时没反应过来,她没有想到,竟会是他提出分手。她随他来到这个城市,放弃了那么好的发展前景,其实只要愿意,她

随时都可以离开这里展翅高飞。可是,她觉得那一切都没有幸福重要,她觉得身边有他,就是最大的幸福,其余的,皆可舍弃。可是,她这样全心地为他,他却提出了分手。面对那份冷漠的决绝,她听见了自己心碎的声音。终于,带着一颗不再燃烧的心,她离开了这个城市。

然而她没有看见,在转身的刹那,他眼中滚落的泪。他在自己的博客中写着:"让她用短短的痛换取更长更多的幸福,我愿意放开手,让她飞。"他每天都在博客里写下细碎的心语,仿佛写尽一生的爱与暖。他有时会想,她现在应该早就忘记了伤痛,活得如鱼得水。他知道,那才是她梦想中的生活。

带着对她不绝的思念,想着她现在的幸福,他的心就会平静许多。那种想念似乎也是一种无人可知的温暖力量,几年过去,他在这个城市艰难打拼,也拥有了曾经梦想中的生活。一切都在改变,只是每天博客上的那些爱不变。

有一天,他忽然发现博客里有一则留言:"我没有找到梦想中的幸福生活,我和离去时没什么两样,依然四处打工,没能出人头地,你还会让我回家吗?"他们时隔四年,终于再度相聚。他有时会怪自己,当初为什么要赶她离开,让她受了那么多的苦。可他永远不会看见,在别的城市里,她只是日复一日地应付着工作,没有一点儿进取的心思,最幸福的时刻,就是在寂静的夜里,看他博客上的每一篇文字,看他的生活走向一帆风顺。她知道,自己当年若不离开,他心有羁绊,压力日增,不会更好地去拼搏。

不让你看见,是让你将心上的重担卸落,让你了无牵挂,自由地飞。

三

她是一个聋哑人,可她从不自弃,很艰难地读完了大学,可是找工作成了更大的难题。虽然她有着不逊于常人的工作能力,虽然她要求很低,可是,却总是被一次次从门中逐出。奔波了太多时日,她自己都有些放弃了,毕竟,一个聋哑人哪里也不会要,况且,那些正常人找工作都是无比困难。

也许上天真的垂怜她的悲苦，那一天，竟然真的有一家小公司录用了她！她被这突如其来的幸福撞击得有些晕眩，她兴奋地参加了工作，同事们都对她热情有加，这让她心里暖暖的，融化了在白眼冷遇中凝结的坚冰。她决心要努力工作，回报这份知遇之恩。

工作半个月以来，她于无意间发现，似乎每天下班后，只有她一个人离开。可又没人告诉她需要加班，而且每当她问起，同事们都有些躲躲闪闪。她心里渐渐明白，自己终是没能融入这个团体之中。同事们下班后无论加班也好，娱乐也好，都在躲着她。这让她的心里很是难受，可是转念一想，自己也不能要求得太多，工作已然来之不易，于是，虽然有些悲伤，可她依然卖力地工作。

有一天下班后，她回到家，忽然发现一份晚上要学习的资料忘了带，便又急匆匆返回公司。夜已降临，公司的大会议室里灯火通明，她便涌起了一种去看看的冲动，她想看看同事们每天背着她，到底在做些什么。她走到会议室门口，并没有听见有音乐和歌声，似乎是静悄悄的，偶尔有人说一两句话。她慢慢地把门打开一条缝，看到了令她终生难忘的一幕！几乎所有的同事都在经理的带领下，和前面一个陌生人学习着手语！那一瞬间，她忽然想起，这一段时间以来，同事们和她的交流越来越熟练，沟通也越来越方便。

她悄悄地走出公司大门，看着灯光明亮的窗子，泪水汹涌而出，可那却是幸福的泪、滚烫的泪！

不让你看见，是不想动摇你脆弱的自尊，是为了给你一份不期然的幸福与喜悦。

触摸遥远的国度

包利民

　　夕阳满天，初夏的风带着夜的凉气，注入程小苒薄薄的衣袖。她坐在小小的凉亭里，仿佛大大的院子都随风栖满了孤寂。目光越过高高的墙，一朵火烧云用一种遥远的温情接纳了她的眼睛，就像触摸着一个陌生的国度，在她十三岁的心里，那是一个只在梦里去过的地方。

　　她在这个大大的院子里，度过了十个寂寞的春秋，虽然院子里有那么多的孩子，可她却没有一点热闹的感觉。听说，她在三岁的时候，就被送进这所孤儿院，她用无知的哭声敲响了大门。人们打开门时，只有她自己在门前，衣服的口袋里有一张纸，写着她的名字和出生日期。从此，这里就成了她的家。

　　程小苒是个很安静很漂亮的女孩子，比那些同伴们长得不知出色了多少倍。凡是长得好看的孩子，都被人领养了，许多人看中了她，她却固执地不走，任凭别人又哄又吓。她就这样留了下来，守望着无边冷清与落寞。每天放学的时候，走出校门，看着外面成群的家长迎向自己的孩子，嘘寒问暖，把书包从孩子身上摘下，她总会怅然一阵子，在那些孩子幸福的笑脸中，努力去想那是一种什么样的感受。她也曾在书上看过太多感人的故事，却始终无法将心契合进去，爸爸妈妈，在她心中也只是一个词语而已。直到人群散尽，她才孤单地踏上回家的路，如果那个大大的院子可以称之为家的话。

　　偶尔会有人来院里认领自己的亲生子女，这些年中，程小苒也看过好多次了，过程大多相似，先是打听到自己的孩子在这里，然后寻来，却不先露面，只是暗中观察，或是以陌生人的身份接近孩子，时机成熟后方才相认。

她不太理解有些孩子对亲生父母的恨,她觉得应该高兴开心才是。而且,爸爸妈妈,父亲母亲,对于她来说,只是冷冰冰的词语,没接触过内涵,又何来的恨? 于是心底隐隐地有了希望与渴盼,愿能有一天,一对陌生的夫妇含笑而来,然后含泪拥她入怀。她不但不会恨,还会很幸福吧!

于是,程小苒一直观察着活动在孤儿院附近的陌生人,用一双眼睛去辨认,特别是那些冲她微笑或是对她好的人,可是心中从没有过书中所写的那种血脉相连的感应。有一次,她在院子里,一个妇女进来问路,在那么多的孩子中,只是问了她,慈祥地对她笑,还轻抚她的头发,那一瞬间,程小苒的心中确实有着一种感动。可是,那妇人终没再来过。街对面新开了一个文具店,店主夫妇待人和善,尤其对她极其喜爱,她去买东西时,常会送她些小礼物,让她的心里有了浅浅的温暖,也有着淡淡的希望。再就是院里新来的女清洁工,最爱和她说话,没事时总是来找她。程小苒看她的气质神情,不像清洁工。似乎每一个对她好的人,都让她浮想联翩。

程小苒也曾想过自己的父母会是什么样子,家里会是什么样子,按书上所说,也应该有一个可爱的小弟弟吧! 一年一年下来,那些她所倾注了希望的人,都给她带来了失望。后来她终于相信,自己的爸爸妈妈永远不会来了,他们或许早忘了这个孩子,或许已不在人世。她的心里依然没有恨,放弃了希望,反而有一种轻松的感觉。她便不再在意陌生人给她的笑与暖,彻底地关上了自己心底的那扇门。家和亲情,就是永远不能触摸的遥远国度。

后来,走进她心里的那个人,是她的班主任,与她有着同样的经历,那是一个如妈妈般关怀她的老师,以至于后来在书中一看到妈妈或者母亲的字样,她总会想起这个老师。相似的经历,温暖的笑容,让程小苒对这个老师敞开了心扉。她尽情地向老师说着这些年中的曾经的渴盼,以及现在的放弃,此生,也许再与亲情无缘了。

老师轻拥着她,温柔地抚着她的头发,说:"孩子,那些对你好的人,你曾以为他们就是你的亲人。其实你想想,为什么你会认为他们可能是自己的亲人呢? 那是因为他们像亲人般关爱着你、喜欢着你。既然这样,你不是已

经得到亲情了吗？而且要比别的孩子得到的更多！只有你也去爱他们，你才有家的感觉，没什么可遗憾的！"

那个夜里，程小苒辗转未眠，老师的话一直在心底流淌。当清晨的第一缕霞光照在她的脸上时，把她的心也映亮了，充盈着一种暖意。她对着每一个关心她的人微笑，那笑是从心底开出的花朵。人们惊喜了这个孩了的转变，更加喜欢她了，而她也再没有过孤寂冷清之感。又一个黄昏，坐在小凉亭里，程小苒面对美丽的夕阳，目光里满是柔软的情愫，忽然发现，曾经遥不可及的那个温暖的国度，不知不觉间，自己已身处其中了。

秘方的归宿

程应峰

济世堂传人胡一夫一生行医,人品高尚,发扬光大了祖传医技。遗憾的是,他膝下无儿无女。眼看到了垂暮之年,胡一夫不免有几分茫然,几分伤感。

一天,忙过之后,他一个人静静地坐在药架前,抬头瞅见雪白的墙壁上两行醒目的室联:"但求世间人无病,哪怕架上药生虫。"顿时就陷入了沉思。他有个心结呀,不是一天两天了。那个凝聚着祖祖辈辈和他一生心血的秘方,一个堪称无价之宝的东西,它的归宿到底该在哪里呢?

他脑海里浮现出两个人来,都是他曾经教过的学徒,一个叫高凉,一个叫朴素。高凉性急粗放,锋芒外露;朴素性柔细致,含蓄内敛。他们当学徒的时候,都礼貌谦恭,聪明好学。他呢,当他们是自己的孩子,尽心尽力将自己所知传授给他们。他们学有所成离开他的时候,约定在恩师六十岁生日时——也就是在十年之后,回来拜望恩师。

高凉和朴素听老师说过,他手头有一个秘方,只要时机成熟,也就是他们有所成的时候,就会传给他们中的一人,到底是谁,那就要看机缘了。他们当然相信老师所说,在他们心中,老师是个言出必行的人,再说老师膝下并无儿女,如果他们有出息,他一定会将那个秘方拿出来。

高凉和朴素在离开胡一夫的日子里,一直将恩师的话记在心上,凭自己所学,不懈不怠,艰苦创业。十年后,各自闯出了一片属于自己的天地,积累了行医的实际经验,并且都有了雄厚的资本。两人回到济世堂看望恩师的那天,高凉拎着密码箱,朴素拎着笔记本电脑。

　　高凉先到一步，他拉着老师的手亲热一番，谈了自己这些年在外打拼的情况后，在老师面前打开了密码箱，说："老师，这是我孝敬你的。"胡一夫瞅着一沓一沓的钞票，若有所思："不错，就你的人生经历和经济实力看，你是有做传人的资格的。"不大一会，朴素来了，他握着恩师的手诉说思念之情后，又握住了师兄的手，问候了别后情形。然后，将手提电脑双手捧到恩师手中，说："老师，我不及师兄万分之一，这点小礼品就请你笑纳了，晚上若有闲，还请您打开电脑看看。"

　　高凉和朴素离开济世堂的时候，胡一夫拉着他们的手，说："明天，你们来吧，我请公证人现场公证，我会采取最公平的方式定得失。秘方究竟归谁，就看你俩谁有造化了。"

　　分别后，胡一夫打开了朴素送给他的电脑。电脑桌面上有一个"请恩师审阅"的文件夹。胡一夫径直点开，越往下看越兴奋。为什么？这些年来，朴素创造的财富并不见少，但他承袭了师傅的秉性，一心济世助人，留下的积蓄与高凉的积蓄相比，少了很多。虽然如此，但朴素在文档中依旧满怀信心，对未来做出了细致缜密的设想和描绘。胡一夫不由在心里感叹，朴素这孩子，是多么难得的有心人啊。

　　合上电脑后，胡一夫沉浸在喜悦之中，他为自己有这样两个徒儿兴奋得毫无睡意。高凉和朴素都很优秀，秘方到底该给谁，他似乎也难以定夺。他想，还是看明天他们的表现吧。

　　翌日，公证人、高凉、朴素准时来到了济世堂。胡一夫坐在中间，说："徒儿，你们都是为师的骄傲，秘方给谁，我很为难，这样吧，这里有'得失'二阄，谁得谁失，就看你们的造化了。"

　　高凉性急，上前一步就将阄抓了一个在手中。打开一看，是个"失"字。那一刻，巨大的失落感挂在了他的脸上。朴素看到了那个"失"字，对高凉说了声："师兄，你失我得啊。"从从容容将另一张阄抓在了手中。他对胡一夫鞠了一躬，说："谢恩师，你的重托我会铭记心中。"说话间，那张阄，他当着在座人的面，打也没打开，便吞进了肚子里。

高凉并不知道,朴素手中那张阄,也是一个"失"字。事实上,两徒儿一个粗放一个细致,就这一点,谁得谁失,胡一夫早就心中有数了。

　　胡一夫将密码箱拎出来,放到高凉手中,说:"徒儿,得失本是寻常事,不必沮丧。要知道,济世助人才是做人的根本,这些钱,你自己留着吧,相信总有那么一天你会派上用场的。"

老师的承诺

顾文显

20世纪70年代末，我在家乡的小学读初中。学《海上日出》这一课时，范老师神往地说："咱们山村没人看到过大海，这样吧，明年全公社统考，你们哪怕有一个进入前10名的，老师就带他看海去，所有花销都是老师出。"课堂上欢声一片，整个小队祖辈几代人都圈在这大山里，连火车都没见过，对大海的向往可想而知！

从那天起，全班同学都较上了劲儿，虽然我们清楚，考入前10名根本不可能！全公社12处戴帽中学，400多名学生，但那也不包括我们，我们是不被上级承认的"黑学校"，两位老师可怜12名小学毕业生无人能去公社所在地读书，硬是在队办小学之外扩充了一个初中班，所有课程都是他们俩额外兼任，这样的基础，敢与外面的"正规军"比吗？

而范老师却无比认真地说他心中有数。"假如没那个希望，我岂不是给大家个空头承诺，跟流氓有什么区别，还当什么老师呢。"

反正我下死力气读书，就冲范老师这一片苦心。大海是从来没敢想，范老师是个民办教师，全年挣的工分，不过值100元左右，万一考上一个，那可就尴尬了，他拿什么买车票！

那时候初中是二年制，之后，就得到公社读高中了，就学需要考试，全公社取250名。名单一公布，范老师哭了，我们12个同学全部入选，最差的排第101名，而我和另两个男生分别名列2,3,6名！范老师严肃又有些内疚地说："花不起钱啦，我只带你们三个看大海去，回来，给同学们一人一份礼物，他们也应当受奖……"范老师耐心地到我们三家做工作，家长哪好意思让老

师破费,可自家又穷得叮当响,只能推三阻四。老师急了:"您总不能让我说话不算话吧,以后我怎么教学生!"他找出地图,反复计算:"咱们就近到锦西县,火车票 10 元整,来回有 150 元够了。"

终于在暑假里的一个浓雾弥漫的早晨,范老师率领我们两男一女三名弟子,走出了大山沟。范老师快活地吟诵两句宋词:"青山遮不住,毕竟东流去。"

当我们坐上火车,那颗心呀,简直要蹦出来了。傍晚,到了通化市,在那里换车。剩余三个小时,老师带我们在站前游览。城市灯火辉煌,把我们三个全看傻了。老师问:"城市大不大?"我们答,大。老师意味深长地说:"北京上海,比这不知要大上多少倍。回去一定要读高中,我做你们家长的工作,你们不能总圈在山沟里!"那一刻我明白了,范老师不仅是为了兑现他的诺言,更是要让我们认识山外的世界。

在火车上,我发现范老师不睡觉,时常在过道上焦躁地走。考试前那几天,他的鼻子一侧突然起了一片红肿,据说特别疼,师母逼他去医院,他嚷着说:"现在是什么时候了,我哪还顾得上去医院?"考试结束,匆匆去了趟地区医院,他又带我们看海。现在,老师的患处肿得更高了,把内眼角使劲往下拽,样子有些滑稽,他能不疼吗?我不时悄悄地捏我的裤子,那里有妈缝在内裤里的 5 元钱,我想,不敢花,留着给老师看病。

范老师让我们三个成为山沟里第一批看到大海的人!范老师问我们:"有什么感想?"我们三个异口同声:"将来考大学,不在山沟住了!"范老师笑了,笑得好开心哪,那天,他还在海边就着小咸鱼喝了一些酒。

回来以后,范老师不顾休息,挨家做工作,让我们一定读高中,没文化可不行啊。范老师可不是一般的教师,能常在省报上发表诗歌,据说在全市作者中都是优秀的。市里一家名校两年前就有意聘请他去专教作文课,并且有转为正式教员的可能。然而,老师为把我们这个班送出山沟,迟疑着不走。这次,他总算松了口气,并对我们几个成绩特好的说:"我调过去,接着也把你们转去,只有到市里,才能考上大学;出不了读书的,咱山沟就没

指望。"

入高中的第一个星期忙得很，直到半个月后，我们才于周末回家。到家后，发现父母眼睛红红的，原来我们的范老师没来得及去市里那家中学报到，就先病倒了。父母马上带着我去看范老师，说他快不行了。

范老师患的是额窦癌，已经到了晚期，没有钱住院，索性回家等死……我吃惊地看到，平日里谈笑风生的范老师半边脸肿得跟南瓜似的，眼睛已失明。我抓住他的手失声痛哭。范老师用力握了握我的手，说："别这样，丫头，我这一生知足了，我看到了大海，我还带出了山沟里第一批看海的学生。"我哭着说："如果不为我们，您的病是不是不至于这样？"老师笑了："早知道是这种病了，出发前我去过地区医院。迟早是个死，我不能在你们面前失信，老师有一千个理由，不带你们到海边，可是总归是失信，只是把你们带入市区的计划成了空话。白姗姗，你答应我，将来有了好消息，要告诉老师一声。"我一下子明白了这句代表生离死别的话，一头钻进他的怀里，哭得昏天黑地！

我们几个坚持要陪老师到最后。书不读了，什么都不重要了。可范老师几乎是把我们骂回了学校。他说不想看到这样的学生，假如视学习无足轻重，那他的心思可就白费了。于是我们天天放学后跑回来看老师，天不亮又往回赶。即便这样，我们也没送成敬爱的老师，10月4日的中午，我们还在学校上课，范老师悄然离开了这个世界。

我永远忘不了"青山遮不住"的词句。后来，没有了学校，那个小山沟的村民陆续搬走，那条崎岖的山路也生出了灌木和荒草。

我在北京读完大学，分配到省城机关。差不多每年暑假，我都让丈夫陪同前往，那崎岖的山路尽头，安睡着我心中的偶像，是他把我带出这荒僻的小山沟。我跪在老师坟前烧纸，不是冥钞，全是我当年发表作品的复印件。我要让敬爱的老师知道，他的学生当年也对他有过郑重的承诺。

负重才能顺利走过独木桥

沈岳明

十年前，我认识一对夫妻，男的叫宋勇，女的叫邬芳。我之所以这么清楚地记得他们的名字，是因为这对夫妻实在太特别了。

作为一个男人，宋勇却不干正事，天天跟一帮赌徒混在赌桌上，输了钱便喝得烂醉，还要邬芳拿钱去饭馆里领人。房子是宋勇的父母生前留下来的，原本，宋勇有一份工作，因为效益不好，工厂垮了，宋勇便下了岗。作为一个弱女子，邬芳没有小区里其他的同龄妇女那样的好命，她们坐在家里带孩子，给丈夫煮饭，让丈夫去外面挣钱养家。邬芳则被迫外出谋生。好在他们还没有孩子，家里的负担不是太重。邬芳便在小区附近的农贸市场租了个摊位，专卖时令蔬菜，虽然辛苦，倒也能养家糊口，时间长了还能有点节余。

可是，邬芳的那点节余根本就不够宋勇的赌资。两人实在过不下去了，便闹着要离婚。没想到，两人在去离婚的路上却遭遇了车祸。邬芳成了植物人，宋勇断了一条腿。

本来故事到这里便应该结束的。对于这样的一个家庭，其结果不言而喻，肯定会成为政府和社会的负担。由于我搬到了南方沿海的一座城市定居，所以也很快将那个小区里的那对夫妻给忘记了。转眼十年过去了。如果不是从一档电视节目中再次看到了那对夫妻，我想，我是再也不会想起他们的。

在电视里，宋勇虽然拄着一根拐杖，但穿着却十分讲究。很显然，他现在已经不是过去那个赌徒了。他成了老板，一家针灸按摩院的老板。邬芳

也不再是植物人了，她已经被宋勇医治好了，当上了老板娘。看起来小两口的日子过得不错。

通过他们面对镜头断断续续的讲述，我了解到：自从他们出车祸后，谁都认为即将成为社会和政府负担的宋勇，会更加沉沦下去。没想到，令人们意外的是，宋勇竟然清醒了，他突然认识到了人生的重要，妻子的重要。面对可能会永远沉睡下去的妻子，宋勇流着眼泪对她说，他一定要治好她的病。他们原本有一个美好的家庭，是他没有珍惜，现在哪怕她真的要跟他离婚，他也要先将她的病治好后再离。虽然她听不到他的话，他也要这么做，他想，他已经够对不起她的了，他一定帮她实现这最后一个愿望，那就是两个人手牵着手去离婚。

可是，生活是艰难的，现实是残酷的。肇事司机只赔了一半的医药费，因为是他们在去离婚的路上不停地争吵扭打，违反了交通规则，所以要负担一半责任。那点赔款根本就不够给两人治病。宋勇便卖了房子，在老城区租了一间不足二十平方米的廉价房。也许是"知耻而后勇"那句老话起了作用吧，宋勇居然开始了自己的另一种人生。宋勇将所卖房款一半用来给两人治病，一半用来谋求发展。刚开始，由于不适应单腿拄拐走路，宋勇常常摔得头破血流，好几次在将邬芳抱下床洗澡的时候，两人一起摔倒在地，半天也爬不起来。

接替邬芳在农贸市场继续卖菜是不可能的了，因为他要照顾邬芳，根本抽不出时间去进菜卖菜。他也想过开一家饭店，只是，谁会进一家由这样两个人经营的饭店呢，何况开饭店也需要较高的成本。由于医生说，只有坚持给病人按摩和针灸，他妻子才有可能苏醒过来，所以每次医生在给邬芳按摩针灸的时候，他便站在一边看。时间长了，宋勇竟然也能按照医生的方法给邬芳按摩针灸。加上他不断地看书并向医生们请教，他居然成了一个按摩针灸能手。宋勇想，不如自己开一家针灸按摩院吧，妻子就是他的病人，如果将妻子治好了，那便是他最好的广告。奇迹在五年后的一天出现了，妻子在宋勇的深情呼唤下真的醒了过来。

宋勇在讲这些的时候，邬芳一直紧紧地靠在丈夫的身边，不停地抹眼泪。当宋勇讲到，他要牵着妻子的手去离婚的时候，邬芳哭出了声音。邬芳说："不，我是不会跟你离婚的，除非你变回了当初那个四肢发达，整天赌博不务正业的你！"宋勇说："是太多的苦难成就了我，如果当初妻子在那场车祸中死去了，如果不是因为要照顾妻子，也许我早就不在人世了，是这一份沉甸甸的责任，让我有了生活下去的勇气。"

现在，宋勇的针灸按摩院已经取得了资格证，并经过国家允许挂牌营业五年时间了，同时因为有了妻子的活招牌，生意一直很好。

我突然想起一句话：人生是一座独木桥，负重则是顺利通过的唯一方法。

做不了豆腐，就做豆腐渣

厉剑童

　　他曾立志考上名牌大学，是全班全校公认的最勤奋的学生，可成绩总是不理想，每次考试，不是班级倒数第一，就是倒数第二，而且总有三四门功课"挂红灯"。不少学生讥笑他。他很苦恼，认定自己天生就是猪脑子，不是考大学的料。

　　他曾想当作家，为此天天写日记，大量看书。可看过之后就忘，脑子里啥也装不进去。日记写了几十大本，学别人那样偷偷摸摸往报刊投稿。写了十几年，除了偶尔在地方小报、小刊发表一两个豆腐块之外，基本没有什么收获，连地方作协都加入不了，离作家的梦相隔十万八千里远。

　　他曾想当一名画家，央求父母给买了纸墨，每天不停地涂鸦，纸张没少用，画出的东西根本没人认可，当画家只能是镜中月水中花，遥遥无期。

　　他曾天真地想，当不了大学生，当不了作家、画家，当个将军也行。于是，高中毕业他参军当了兵。可他学历低，考军校没资格。两年后，退伍回家。将军梦从此高高挂在天上。

　　回家后方知，自己很多当年没考上大学的同学复习了一两年都考上了大学，即便在家里干的也有不少人发了大财，买了房子，开上了车。有几个有了自己的公司，当了老板。而他，除了体格强壮之外什么也没有。看着白发苍苍的父母，他很沮丧，很自责，工作懒得找，地里的活不愿干，待在家里无所事事，浑浑噩噩地过日子。

　　父母亲看在眼里，天天为他睡不着觉，背后不知流了多少泪水。

　　这天，太阳老高了，他还赖在被窝里睡觉。母亲把他叫起来，要他和自己一块做豆腐。他很不情愿地在前面挑着担子，母亲在后跟着，去磨豆子。回家后母亲舀豆汁，他用布袋压浆水。压完的废料豆渣放在一旁的铁桶里。母亲和他忙碌了整整两个多小时，豆腐做好了。刚出锅的豆腐盛在瓷碗里，摆在桌子上，热气腾腾，白花花的，鲜嫩无比，满屋里飘荡着豆腐的香气。他美美地吃了一顿，心情好了些。他提起桶，想把豆腐渣倒了喂猪，被母亲制止了。

他不理解地问为什么不让倒。母亲只说了句："有用。"

晚饭，母亲做了豆腐渣炒萝卜。他想吃豆腐。母亲不让，说，今晚都吃豆腐渣。他勉强卷了一个煎饼，没想到，豆腐渣居然很好吃。他一口气吃了两大包煎饼卷豆腐渣。

第二天，母亲用豆腐渣和面做成馒头。他又想吃豆腐，又被母亲阻止了。无奈，他只好吃豆腐渣馒头。又是一个没想到，豆腐渣馒头居然这么好吃，别有一番味道。

第三天，母亲用吃剩的豆腐渣发酵做豆腐渣酱。

当豆腐渣处理完了，再回来吃豆腐的时候，那些豆腐已经发霉了，只好和豆腐渣一样做成大酱。他不明白，母亲为什么放着好端端的豆腐不让吃，偏偏吃豆腐渣？而且母亲那么节俭，却白白糟蹋了一锅大豆腐。带着疑问，他问父亲，父亲说："问你母亲。"

母亲拢了拢花白的头发，语重心长地说："豆腐渣和豆腐虽然都是豆子做的。豆腐人人爱吃，还摆在桌上。豆腐渣没几个愿意理的，可你知道吗？豆腐渣也有豆腐渣的味道，豆腐渣的清香，豆腐渣的用场。孩子，这人比人气死人，做不了豆腐咱做豆腐渣也行。"

母亲的话如醍醐灌顶，令他顿时醒悟过来。

那夜，他做了一个梦，梦见自己又回到小时候，那次他和小伙伴们一起在村头的烂石堆里垒墙，用泥巴抹墙，他得了第一。

第二天，他理了发，穿戴整齐，乘车去了小城。几天后，成了一个建筑工地上的抹灰工。他干得非常认真，仔细。三个月后，公司举行技能比赛，他

从几十人中脱颖而出，夺得抹灰项目冠军。他抹的墙又亮又光滑、平整。公司提拔他担任副队长。

他开始主动学习抹灰之外的其他技术，从最基本的砌墙、扎脚手架等做起。一年后，他很快成了全公司的技术能手。

两年后，他被公司老总提拔当了副经理。

十年后，他自己牵头注册成立了一家建筑公司，当了老总。

经过二十年的发展壮大，现在，他已经成立了一家拥有职工三百人，资产过亿元的公司，成了当地建筑企业的龙头老大。他有事业、有车、有别墅，成了很多人眼里的企业家、成功人士。不少企业、学校请他去做报告、演讲。

每次，他都会深情地讲起多年前，母亲和他一起做豆腐的情形，讲起那一桶豆腐渣和那包发霉了的豆腐，讲起母亲的良苦用心。母亲用一桶做成各种食物的豆腐渣向他说明了一个道理：豆腐有豆腐的营养和美味，有自己的荣光和体面；豆腐渣虽然上不了大台面，但豆腐渣也有豆腐渣的营养、豆腐渣的用途。如果你一时成不了豆腐，就踏踏实实做豆腐渣吧。天生我材必有用，只要心不死，只要肯付出，一样可以取得成功，最终收获人生的辉煌。

我一定要娶你

刘清山

正是九月，刚开学没几天，班里转来一个男生。中等个头，黑黑的，瘦瘦的，很不起眼的那种。他像所有的复习生一样，被安排在教室最后排的角落里。

随后学校组织的一次考试，他的数学成绩令班里的同学大吃一惊，差一分就是满分，其他同学被他远远地甩在了后面；英语成绩同样令人惊奇，在班级里排名几乎垫底。落差之大，唯有她能与之相抗衡。她的英语成绩在班里排名第一，而数学成绩平平。这样的表现令班主任有些哭笑不得。班主任先后找两个人谈话，希望他们迅速把瘸腿的学科赶上去。

"我就不信，你英语能学得那么好，数学就学不好？如果你数学成绩能赶上来，我保证你可以读名牌大学！"年轻的班主任充满期待地鼓励她。

很想向他请教学好数学的心得，对于数学成绩优秀的同学，她总是充满了钦佩之情。但少女的矜持和骄傲，让这样的心思像九月天上的云朵，在空中稍纵即逝。她暗自叹了一口气，抬起头，没想到他竟站在面前，仿佛自己的心事被他偷窥了一般，她惊慌失措地低下头准备逃走。他喊住了她："我想请你帮我辅导一下英语，我来辅导你数学，好不好？"她背对着他，匆匆点了点头，跑掉了！

从陌生到熟悉，从紧张到放松，两人迅速进入角色，担当起对方的老师，同时又是彼此的学生。学好每一门课程其实都有好的方法和窍门，如果掌握了有效的方法，学好一门课程就会变得非常轻松。就这样，她的数学成绩和他的英语成绩都一点点提高起来。班主任看在眼里，喜在心上，对于他们

的互助学习显然非常赞赏，甚至开始提前为他们选择上哪所名校。

因为已是高二，每天早晨上学，父母都会为她准备一个苹果和一些小点心，让她在课间补充营养，为高考做冲刺。奇怪的是，放在课桌里的苹果常常会不翼而飞，取而代之的是她更爱吃的梨子和葡萄。四下望去，所有的同学都在埋头学习，猛然间回头，看到他正望着她，眼光对接的一刹那，他迅速低下头去。

中午在学校的食堂里就餐，他都会抢着拿她的饭盒为她打饭。下一次，她就会想方设法抢在他的前面，把他的饭也打回来。毕竟他是男孩子，她抢不过他，于是她就和他讲定，每人一周，轮流为自己和对方打饭，互不欠账。显然他是一个爱帮助别人的人，她的同桌和几个比较谈得来的女同学，都得到过他不止一次的帮助和照顾。大家都在她面前谈论他的好，她把耳朵捂起来，装作没听见。

高三时，换了班主任，原先的班主任被调到了高一年级，取而代之的是教学经验更为丰富的英语老师。英语老师是一位年近五旬的老太太。她面目慈祥，对于英语成绩优秀的她一直比较偏爱。

春季的一天中午，乍暖还寒，她和他在学校操场僻静的一角进行英语交流，以此来提高口语水平。不想突降一场在这个季节很少见的大雨。两人迅速向教室跑去。她跑得慢，他伸出手拽着她的手一起跑。跑到教室里，抬头一看，班主任正用严厉的目光瞪着他们。她赶紧松开拉着他的手，随即很不体面地连打了几个响亮的喷嚏。

她怎么也想不到，这场春天少见的大雨，随即在她的生活中掀起了惊涛骇浪。老太太找来了她的父母，要求她的父母对她严加管教。他的日子显然也不好过，班主任多次找他谈话，并在课堂上公开训斥他。最后一次单独见面，他有些歇斯底里地喊："我们没有做错什么，她是一个老巫婆！你相信吗？我以后一定要娶你！你相信吗？"

班主任并没有打算轻易放过他们，不止一次公开讥讽她：一个只有英语成绩出色的学生是根本考不上好的大学的。并让她写下保证书，以后绝不和他在一起。她受不了这样的侮辱,哭着跑出了校园。

她在外晃荡了两天,父母都急疯了,四处找她。回家后,她说不想上学了。父母苦苦哀求她,她只能屈服。不情愿地充满委屈地向班主任道歉,当着她父母的面,老太太似乎原谅了她。但父母一走,在教室里,当着全体同学的面,班主任充满嘲讽地说:"一个女孩子要学好很难,学坏是很容易的。我真不知道,你还有什么脸面回来? 只要你在这个学校里,有我在,就不会有你的好日子过!"

别无选择,她只能转学。在学校里,她收到了他的信。他说,对不起!全是因为我! 她含着泪水把信纸撕碎,扔进了风里……

那一年的夏天,她考得一塌糊涂,甚至连最让自己骄傲的英语也差得离谱。他也只考上一所师范学校。他在信中鼓励她:一定要振作起来,争取从头再来。

她选择了复读,同样被安排在教室的最后排的角落里,像一棵没有人注意的小草。正是这棵小草,立下了雄心大志。所有对班主任的恨都成了她学习的动力,目的只有一个:报复!

如愿以偿,一年后她考上了一所名牌大学。大学毕业后,她又考取了本校的研究生。毕业后,留在了这个大都市。她对于当年那个思想封建、小题大做、穷凶极恶的班主任,仍旧耿耿于怀。而他早已多年没有和她联系过。他在雨天拉着她的手奔跑的场景还历历在目,他赌气似的大声咆哮"我一定要娶你"的豪言壮语如今想来仍旧怦然心动! 他喜欢过自己吗? 她课桌里的苹果是不是被他偷换成了梨子和葡萄? 他为什么总是讨好她周围的女同学? 应该是喜欢的! 但他从来也没有对她表达过。透过巨大的玻璃窗俯视都市的美景,她感到往事如昨,心中怅然若失。

接到高中同学聚会的电话邀请,本来她工作繁忙,但得知老师和同学们都要参加,她欣然应允了。这不是她期待已久的机会吗? 他会来吗? 她更要报复,她甚至设想了这样的场景:众目睽睽之下,她只给其他老师和同学们敬酒,而置那位老太太于不顾。她就是要冷落班主任,让这位当初欲置自

己于死地的老巫婆看看，正是恶毒的讥讽和打击造就了化蛹为蝶的自己。

校园的风景依旧，只是物是人非。不出她所料，她成了同学们瞩目的焦点，当年那个年轻的班主任也已经是人到中年，她和心爱的老师相拥而泣，老师感慨地说："你是从我们学校走出来的，你是学校和老师们的骄傲！"泪眼迷离中，突然看到了他，他没有什么变化，还是黑瘦的模样，只是脸上多了一副眼镜。有同学说，他现在回到了母校当老师，教的竟然是她当年最擅长的英语。他搀着一位老太婆。仔细看去，不由吃了一惊，那人竟然是她恨之入骨的老太太。老太太真的已经老了，头发花白，额头上布满了皱纹，背也有些驼。刹那间，所有的恨变成了一种心酸。准备好的反唇相讥的台词也在瞬间变成了温柔的问候："您还好吧？"老太太抿紧了嘴唇，老泪纵横。她与老人拥抱在一起……

聚会结束后，他送她到车站。

谢谢你，谢谢你能不计前嫌，这样对待她。

你不也一样？她再一次想起他赌气时说出的"我一定要娶你"的承诺，虽然他们现在已经不可能在一起了。

我不一样，她是我的母亲，我希望你能够真心原谅她！

她惊异地睁大了双眼，然后头也不回地钻进车厢里。她终于明白，当年原本慈祥的老太太为何一反常态地对待自己。只因为她是母亲，为了怕早恋影响自己儿子的学习，她自私地让一个单纯的女孩背起了当时所有的委屈。

第二辑

人有好品质，就有好人生

　　做事严谨认真，专注细致，做人踏实乐观，豁达平和，对生活充满热爱，对工作充满激情，一个人能拥有这样的品质，他的人生一定差不到哪里去。

一个母亲的坚守

陈华清

那是一个秋天，以黄橙橙的成熟为背景的秋天。

那时，我的母亲在糖尿病科已昏迷不醒几天了，情况越来越糟糕，我们要把她从 13 楼的糖尿病科转到 17 楼的脑科。护士说，只有 14 号房有空床了，愿不愿意？有什么不愿意的，这护士也问得蹊跷。

护理母亲的特护回去吃饭了，只剩下我和当班的护士把母亲从 13 楼转到 17 楼。

14 号房有两个床位。31 床是个年轻的男子，眼睛闭着，嘴巴微张。一个年纪 50 岁左右的女人一边给他鼻饲，一边喃喃自语。

护士安排好床位就离开了。看见母亲的嘴巴干燥，我用干净的棉签蘸着温开水，涂在她嘴唇上，然后又给她翻身、搓背。

"她是你母亲吗？"那女人问，我点头称是。"给卧床的病人翻身，要搂紧她身子，再翻到一侧，千万不要一下子用力过猛，把病人反扑身，无法呼吸麻烦就大了！"那女人见我手忙脚乱，忙过来协助。她虽然个子矮小，但翻动我那比她高大的母亲，却是驾轻就熟。

我告诉她，我母亲因糖尿病并发症住院，来时还有说有笑，精神得很。几天前在洗澡间摔倒，从此就没醒过来。

"就你一个人照顾吗？要不要请特护？"我告诉她已经请了。她"哦"了一声，就不出声了。

特护回来了，她对安排在 14 号房颇为不悦，说 14 这个数字不吉利，没几个人愿意安排在这间病房。14 号房的长期病号是那个年轻男子，他在这里已经8年了，他的母亲也守了他8年。

8年前，这个男子12岁。12岁的他拿着重点中学录取通知书，兴高采烈地回家。他要让含辛茹苦的母亲好好分享儿子的成功，因为母亲等这一天已经很久很久了。他甚至想象母亲看见他手中烫金录取通知书的种种细节，比如抑制不住的惊喜，喜极而泣地泪如雨下。

母亲见到他那一刻的确是泪如雨下，不过那是剜心割肠、痛不欲生的泪：他倒在血泊中，车轮下满是少年的血。

他成了植物人。

她寸步不离地守在儿子身边，精心照顾他，不断地呼唤他，一遍又一遍地讲他小时候的故事，唱他爱听的歌。

"孩子，你是个苦命的孩子，从小多灾多难。但是，妈妈没有嫌弃过你，我一直当你是亲生孩子。你曾问过我，你是不是我亲生的？我不敢告诉你实情，怕你伤心。好吧，我现在告诉你实情。是的，你是我捡回来的孩子。那年冬天，寒风刺骨，还下着雨，真是冷啊。我去医院看病，在医院门口看见一个纸箱，里面有一个包成一团的婴儿，像一只小猫，面色发紫，不会哭闹，好可怜。这个婴儿就是你啊，孩子。做父母的怎么这么狠心把自己的亲骨肉丢弃啊。我把你捡回家，奶奶见你不哭不闹，以为你没救了，要扔掉。我抢过你，紧紧抱住。我哭了，你也'哇'的一声哭了。你满月那天，爷爷死了。奶奶迷信，说是你命硬克死的，她不喜欢你。可是我喜欢你。村里的孩子骂你是'野种''拾来仔'，欺负你。妈妈不想你心里有阴影，就跟你爸爸带你到城里打工。"

她讲到动情伤心处，忍不住抱住儿子放声大哭。突然，她感觉有热乎乎的东西落在手上。那是儿子的泪！上苍怜惜这位可怜的母亲，让她儿子醒过来了。那是一个早晨，阳光洒满了屋子，暖暖的，这一天离儿子出车祸已经大半年了。

儿子有意识了，会点头、摇头、微笑，虽然说话含糊不清，但已经给她莫大的欣慰了。

她执意带儿子回家过年，回到熟悉的地方，让他早日恢复记忆。

也许是回家太高兴，也许是他不愿母亲太劳碌，他不肯整天躺在床上，要从床上起来，还来不及站稳，就重重地摔倒，于是再度昏迷。

这一昏迷他就再没有清醒过，无论母亲是如何痛哭、呼唤，他都没有醒过。

不久，她发现自己居然怀孕了，结婚这么多年一直没怀上，偏偏在这时怀上。她又喜又忧。别人劝她，你现在有了自己的亲骨肉，没精力照顾已成植物人的儿子，干脆放弃算了。反正也不是你亲生的，说不定永远不会醒了。就算醒了，也是废人一个，长痛不如短痛。连她丈夫也是这样说，甚至阻挠她去医院照顾儿子。

她没有放弃，带着妊娠期的剧烈反应，继续照顾儿子。一天，她又饿又累，头晕目眩，一头栽倒，血从她下身汩汩流出。她的孩子没了！

她还没见过面的孩子就这样离她而去，她养了多年的儿子不省人事地躺在床上。上苍！这是为什么？为什么让所有的不幸都降临到一个可怜的女人身上？她欲哭无泪，多么希望有一个坚实的肩膀可以靠一靠，可以伏在上面痛痛快快哭一场。可是，没了。那个曾经给过她依靠的男人，那个她称作丈夫的男人，说她杀了他的亲骨肉，离她而去了，投入另一个女人的怀抱，逃避了作为父亲、作为丈夫的责任，把所有的灾难和不幸，都丢给了这个瘦弱的女人。

她咬着牙独自用瘦削的肩膀挑起了所有的不幸、所有的责任。支撑她活下去的最大希望，就是她唯一的儿子，儿子就是她生存的意义。她坚信，儿子终有一天会醒过来，就像那个洒满阳光的早晨，他会感应到母爱而落泪。

各种费用压得她喘不过气来，儿子的营养费更是一笔可观的数目，那点赔偿金实在是杯水车薪，常常捉襟见肘。她不得不省吃俭用，生活到低微的极点。八年来，她没添置过一件新衣服，没吃过一餐可口的饭菜。

在那间医院，几乎每个医生、护士、特护，甚至病人家属都知道她的故

事。医院让她当杂工，赚点微薄的工钱。当有病人需要特护时，她又兼职当特护。既要照顾儿子，又要照顾其他病人，简直难以想象她怎么兼顾得来，她瘦弱的身子怎么能承受生活如此的重负。

我明白了她为什么开始问我要不要请特护，甚而想辞掉先前请的特护，让她来做。这是对一个母亲的敬重，对一个不幸家庭微薄的帮助。她婉言谢绝了我的好意。

"儿子，到时间吃药了！"

"儿子，妈妈给你翻身，洗澡了！"

"儿子，到时间吃饭了！"

每天，我耳边响过她轻柔、缓慢而慈爱的声音；每天，看见她有条不紊地重复着烦琐的事务。

早上，一起床就用消过毒的镊子夹取沾过生理盐水的棉球擦洗儿子的牙齿，给他"刷牙"。最麻烦的是喂食。儿子口不能进食，她就把食物做成流质，再注入经鼻腔插入胃内的导管，一点点地喂，一次只喂 200 毫升左右。每隔两小时，就给儿子翻身、搓背，全身做按摩，防止肌肉萎缩。长期卧床的病人最怕生褥疮，8 年了，儿子没得过一次褥疮，每天都干干净净、清清爽爽。她的"床"就是那张破旧的折叠椅，晚上拿出来靠在儿子的病床边，白天又折叠起来放好。8 年来，她的夜晚就是交给这样的"床"，没睡过一个安稳觉。

人们怜悯她，叹息她的不幸。但她的脸上已没有悲戚，只有一脸坚毅。只要儿子一息尚存，就是她坚守的力量。

我从这个母亲的身上学会了呼唤，学会了坚守，学会了坚强。那些日子，我每天看见死神在医院进进出出，目睹母亲在生与死之间挣扎，如果没有坚守的信念，没有足够的坚强，我早已被恐惧、悲痛打垮。

在那个秋天，以成熟为背景的秋天，我的母亲永远醒不过来了。

母亲走后，偶尔经过那间医院，我就不由想起在医院陪护的那段日子，想起那位母亲的坚守，想起她无怨无悔的坚毅。但愿她的儿子能早日醒来，醒在阳光洒满房间的日子。

刘家少爷

陈振林

转眼，刘家少爷已是五十多岁的人了。

刘家少爷一出生就是少爷，因为他出生时，他爸已是县里的副县长。刘副县长家的儿子，一上小学，自然就给冠上了"刘家少爷"的名号。我们和他同班，是"刘家少爷"名号的创始人。这个名号，硬是被我们几个小家伙喊开了。学校里，不用说同班的同学，就是外班比我们大或者比我们小的学生，也都叫他"刘家少爷"。学校的老师们，也叫他"刘家少爷"。六十多岁的老校长，见了他，也亲热地问候一句："刘家少爷，今日可吃得饱？"

他和我是同学，一直到高中毕业。

我高中毕业上了大学，刘家少爷没能考上。他爸这时已是县委书记，托人找了所省城最好的大学，让刘家少爷去上。家里的行李也清点好了，门口的小车连门也打开了，就等着刘家少爷上车，可就是找不着人了。好不容易，他爸的秘书在照相馆门前找着了他。他连连摆手，说："不去不去，我才不去上那大学哩。要上，让我家老子去上得了。"

刘家少爷的手中，摆弄着一架刚买到手的海鸥牌照相机，正跟人学着照相。

秘书向他家老子刘书记汇报，刘书记无可奈何，摆了摆手："算了，过段时间再说吧。"

刘书记成天地忙着，儿子刘家少爷也忙。他学会了照相，一架"海鸥"拿在手中，可以将万事万物尽收眼中。看着儿子这样玩着，刘书记心想这也不是事儿。刚好部队上招新兵，他直接对刘家少爷一说，刘家少爷居然答应试

试看。一体检，完全合格。刘家少爷成了一名光荣的解放军战士。三年说快也快，刘家少爷退伍的时候，刘书记已成了邻市的市长。刘市长的精明下属，很自然地将刚退伍的刘家少爷安排到了市政府上班。

到市政府报到的那天，那些精明下属早已准备好接风酒宴。不想，刘家少爷又缺席了。一打听，他清早就出发，去了京城，参加一个全国性的文学会议。刘市长这才让夫人清理了一下儿子的房间，这才知道刘家少爷的一篇小说已经得了全国二等奖。

不想到市政府上班，那你到哪儿上班？刘家少爷的母亲小心地问他。

我想放电影。他说。

于是，刘家少爷成了一名快乐的乡村放映员。常常，在乡间，他骑着辆破烂的"永久"自行车，后头驮着影片。他一边骑车，一边张开了嗓子嚷："电影来了，电影来了，今日是《地道战》和《铁道游击队》，加映片是《水稻种植》。"他的后边，跟着一群流着鼻涕的孩子们，欢呼雀跃着。

快乐的日子总是短暂的，不久县里取消了乡村放映员。刘家少爷觉得没有意思，也不好向老爸老妈要钱，就向他们请求说："老爸老妈，就按政策，让我转业到老家的县工商银行吧。"这样，刘家少爷正式成为县工商银行的一名职员。

我大学毕业后回到县一中教书，由于和刘家少爷同学，自然，和他的交往很多。

这时候，刘市长已成为了市委书记。刘家少爷是名副其实的高干子弟。我们就为刘家少爷鸣不平："你看你，要是走正道，只怕已经成了副县长了哩。"他只是笑。一有时间，他就会拿着照相机出去转转，然后和我们一块喝酒，炫耀他的照相机镜头，说，又是新的哩，花了好几个月的工资买来的。有时，他会拿出自己刚写完的一篇小说，让我替他看看，他说："老同学啊，你是老师，当然也是我的老师了，多多指教，多多指教。"倒让我不好意思了。

我们同班的同学大都结了婚，直到大家的孩子都快要上小学时，刘家少爷才结婚。找的爱人是乡下来县城工作的小花，县工商银行的临时工。他

爸他妈不同意他俩的婚事，他讲起狠话来："不娶她，我就不结婚了。"老两口给吓住了，就答应了。其实我们知道，这个小花，是刘家少爷做快乐的乡村放映员时就认识的一个女孩子，那时，这女孩子常跟着他，跑前跑后，牵电线，挂银幕，是他的"助手"。

刘家少爷上班不到两年，就做了银行信贷科长。他好喝酒，来贷款的人就都请他出去喝酒。喝酒了，银行的款也给贷出去了。出乎意料的是就在这上面出了问题，好些贷款收不回来。出了问题，上面得查。一查，才知道，有两笔大额贷款都和银行一把手有关，是人家设好的局，让刘家少爷往里钻。那一把手，收了人家的钱，替人家办违心事。刘家少爷只是吃了两顿饭，也就受了点小处分。

刘家少爷知道受处分这事会传到老爷子刘书记那儿，就赶忙前去当面请罪，也好当面做个解释。刘家少爷没有通知成天忙工作的父亲刘书记，他是坐着公共汽车去父亲那儿的。公共汽车上，好交朋友的刘家少爷和邻座矮个男子攀谈上了。矮个男子说："我啊，这次来这里，是准备做笔大生意的，这里石油多，我就想找市委刘书记去搞几吨石油。"

"那你怎么找到刘书记啊？"刘家少爷来了兴趣。

矮个男子就更牛了："你不知道啊？我和刘书记的儿子刘城乡是一起穿开裆裤长大的，是最好的朋友。我当然找的是他儿子刘城乡。"

刘家少爷就又细细地看了看矮个男子，笑了："你真认识那刘城乡？"

"你这不是废话吗？"

"肯定是废话了。"刘家少爷笑声更大了，"你看看，你认识我不？我就是正宗的刘城乡哩。"

矮个男子懵了，下车时就想溜走，让刘家少爷给拉住了："跑什么啊？走，咱们一起走，去找我爸爸，你要的石油我帮你。"

后来，事情当然办成了，那矮个男子和刘家少爷也果真成了最好的朋友。

刘家少爷结婚不久也生了小少爷，他常常教育儿子好好读书："儿子啊，你不如我哟。你的父亲不如我的父亲。所以，你要好好学习。"刘家少爷的父亲刘书记这时已经兼任省委委员了。刘家少爷也时不时地上省城去看看老父亲，他也常常对着老父亲说一句话："老爷子，您总有不如我的地方，比如，您的儿子就不如我的儿子，呵呵。"这一年，刘家少爷的儿子已经考取了北京的一所名牌大学。

前年，刘家少爷又叫上了我，还有写文章的几个朋友，围成一圈儿，说："看看，我出的一本文集《野白》，有散文也有小说。哎，野白是什么意思知道不？"我们肯定是知道这"野白"的意思，指谎话，或者上不了正席的话语。我们就祝贺他的文集出版。他谢过之后说："这文集啊，我也只印刷了一千册，我送你们每人一本，另外你们得替我销点，三五十本也行。其他的书我去找我在省里工作的姐姐推销去。"我们替他销点书其实问题也不大，但我们就惊奇，他为什么不去找他老爸刘书记，他就是印刷一万本也能销出去的。

见我们答应得爽快，刘家少爷就端起酒杯说："你们看你们看，我是酒色才气都有了。酒，我每天喝，一天可以喝五顿；色，是'摄'也，我的摄影是全国获过奖的；才华，呵呵，你们都见识了，还出了书了；气嘛，我也是很大气的。"说完，他哈哈大笑，像个孩子一样。

刘家少爷今年已经快六十岁了。他的生活依然是四个字：酒、摄、才、气。他成天乐呵呵的，到哪里，哪里就热闹。

刘家老爷子早就退休了，在省城养老。有人对他说起儿子刘家少爷时，身经官场几十年的老爷子也是轻轻一笑。每年春节，刘老爷子总要回到老家，回到儿子刘家少爷家中过上十多天。

腹语护钞

程应峰

余凡牙痛得不行，不得不上医院就诊。这一天，看病的人特多，挂号窗口、交费窗口都排着长长的队列。再过六七位就可轮到余凡，余凡托着腮帮子随队列静静地前移着。就在这时，两位看起来很强壮的人，从大门口一进来，就径直走到了队列最前面。甭说，他们插队来了。

"来的都是病人，谁不急呀!"余凡想，"这未免太不讲道理了。"他张了张嘴，可一看他们高大壮实的块头，终于还是将冒出喉咙的话憋了回去。就在这时，一个深沉有力的声音响了起来："请自觉遵守秩序，到后面排队去!"一听声音，俩人转过身来扫了一眼，却不知谁在说话。余凡感到，那声音是从他身前传出的，他前头是位老先生，一脸和善，目光炯炯。余凡仔细看时，却见他双唇纹丝未动。

俩人听听没人说话了，回过头不甘心地还想往队列前挤，那个沉着有力的声音又不失时机地响了起来。俩人从前头找到后头，弄不清是谁敢说这番话，觉得怪怪的，终归是青天白日，怕惹是非，只得乖乖地站到了队列最后。

余凡觉得出了一口恶气，又有一种无以言表的亢奋，看来在大庭广众之下，终归是邪不压正啊!可他也弄不明白，这铿锵有力的两声究竟是谁发出的呢? 他不能不纳闷。

几天后，他坐在家里看电视，电视正在播放一个访谈节目。乍一看，他觉得电视中被访谈的人，他在哪儿见过，只是一时记不起来。看着看着他不由自主就笑了起来，原来那被访谈之人就是他在医院见到的老先生，姓乔，从访谈节目得知，乔老先生身怀腹语绝技，怪不得那天在医院只闻其声，难找到说话之人。

乔老先生在访谈节目中面对电视观众表演了腹语，他的腹语雄沉悦耳，有着极强的穿透力，实在是精妙绝伦。鸟语、兽语、各类车辆，不同的声源发出来的声音他都模仿得活灵活现。余凡对乔老先生的表现佩服得不得了。节目结束，他一个电话打过去，找到了乔老先生，让乔老先生教他腹语。老先生听了他的想法之后，爽快地答应了。

因为住在同一座城市，余凡一有空闲就去老先生那儿，学腹语学得可用功了。一个月有余，余凡便掌握了腹语的基本技法。

这天晌午，余凡在乔老先生家学过腹语，出门赶回家吃饭，没走多远，迎面撞见俩蒙面人，提着一个口袋，慌慌张张地从一家储蓄所出来，向停靠在旁边的一辆摩托车急急走去。不好，储蓄所遭劫了。余凡心头"咯噔"一下。面前俩人高高大大的，看身形，余凡只觉得在哪儿见过，余凡自知不是他们的对手，怎么办，一刹那，他眼前晃过了医院那一幕。急中生智，只得用从老先生那儿学来的腹语喊了起来："来人啊！储蓄所遭劫了！"俩劫匪本来就心虚，听到这一声突如其来不知从哪儿发出的叫喊，一下子就慌了阵脚，摩托车怎么也打不着。恰在这个时候，警笛声声，由远而近，来势迅猛，俩劫匪好不容易骑上摩托车，却吓得慌不择路，一头撞在一辆疾驰的出租车上。其实，这个时候，乔老先生送余凡出门，还在门口张望，正好看到了余凡遭遇的一幕，那骤然而至的警笛声就是他用腹语发出来的。

却说摩托车撞上出租车后，俩劫匪摔了个大跟头，躺在地上直"哼哼"，再也没有力气爬起来了。余凡上前揭开俩劫匪的面罩，却是那天在医院径直插队的俩人，不由在心中骂了一声"该死的家伙！"

也就在这个时候，劫匪手中鼓鼓囊囊的口袋飞出去老远，里面的百元大钞纷纷扬扬飘了一地。这时四面八方的人拥上来了，见了钱，一些人开始发疯似的将钞票大把大把装进自个口袋里，这跟入室抢劫有何异啊！国家财产不能遭受损失呀！这时乔老先生也急匆匆从家中赶到了事发现场，现场人太多、太杂、太乱，师徒俩看在眼里，那个急呀，只恨没能耐让所有的人走开。俩人不得不再一次用起了腹语绝技。

"大家注意了，"一个极具穿透力的声音响了起来，"这是国家财产，请大家自觉、自尊、自重一些，不要做这种不光彩的事情，我们是警察，接到警报后，奉命封锁了这里的各个路口。谁捡了钞票，我们都通过电子摄像记录在案。"与此同时，警笛声声，煞有介事。这个声音重复了一遍又一遍，现场捡钞票的人你看看我，我看看你，没谁喊话呀？但这喊话声太有震慑力了，发疯似的捡钞票的人行动不由自主迟缓下来，有人开始将塞入口袋的钞票掏出来，放回了原地，有人自觉地融入了维护现场秩序的行列。

不一会，警察真的赶到了现场，俩劫匪被押上警车后，余凡才悄然离开。现场秩序得到了彻底控制，经清点，被劫的现钞全部归位。乔老先生这才舒了一口长气。老实说，他累了，那极具穿透力的声音是颇耗费真气的。

当天晚上，乔老先生再一次成为电视访谈人物，当然，旁边还拘谨地坐着他的弟子余凡。

人有好品质，就有好人生

高小宝

在我成长的道路上，有两个人给我留下的印象特别深刻。

第一个人是我家的亲戚，他是位木匠，在我们那一带名气很响。有一年，我家要做一些家具，把他请了来。我父母对他特别尊敬。我颇不以为然，就问父亲对待他为什么要那么周到客气，父亲说："我敬的是他的人品和本事！"就因为父亲这句话，我暗暗对他多了些关注。随着他完工成型的家具越来越多，我开始对他的手艺佩服起来。那些家具表面光滑，线条流畅，造型简单又不失新潮，总之看上去很舒服，看来他还真有两把刷子，名不虚传。

马上要刷油漆了，他却把父亲叫到一个大衣柜前，说："你看，这个柜门对缝不齐，得卸下重装，油漆我明天再刷吧。"父亲笑了，说："这点缝隙只有你这行家能看出来，你不说谁知道，算了，甭卸了，省得麻烦，油漆一漆压根就看不出来。"他却不同意，最终还是不顾父亲劝阻，硬是把门卸下来重装了一遍。这件事，让我觉得他做事专注认真，尽善尽美，一丝不苟，心里留下了很深的印象。

做完家具后剩下一些边角料，母亲打算用来烧火做饭，他看家里没人，不声不响地用那些边角料给我家做了几个凳子和饭勺，非常实用。母亲见了，激动得不知说啥好了。他边收拾东西边说："这么好的木料，白白浪费了怪可惜的，算是物尽其用吧！"那一刻，我对他的仰慕和敬佩油然而生。心里想，一个人品质的好坏，做人的坦荡与卑下，做事的认真与敷衍，无须大张旗鼓宣扬，他的一举一动、一言一行都会自然流露出一种风骨和秉性，打动人，感染人，润物细无声，这大概就是人格所散发出的独有魅力吧！那一刻，我彻底理解了父母和乡邻对他的尊重。

另外一个人，是我祖母。祖母不识字，一辈子也没享过啥福，要说吃的苦却是几天几夜也讲不完。但是她这个人对待生活特别乐观豁达，心境恬然。祖母有个剪纸绝活，她剪的东西，惟妙惟肖，活灵活现，令人叹为观止。我写过字的作业本，家里的废旧报纸被她信手拈来，纸在手中上下翻飞，剪刀在手里左旋右转，片刻时间，这些看似没用的东西就能被她赋予生命，化为神奇。每逢过年，她在窗户上、门上到处贴的都是红艳艳的剪纸，把一个穷家装扮得别有一番情趣和喜庆气氛。长大后，我问祖母："您真的就那么喜欢剪纸？"她乐呵呵地说："当然喜欢啦，咱家过去穷，要什么没什么，可你们这些小孩子想什么要什么，我就给你们拿纸剪，要什么给什么，把你们乐得当真一样。"我又问她："那怎么现在还爱不释手？"祖母说："在剪纸的时候，能慢慢回味以前那些快乐。"回味以前的快乐？我心里反复咀嚼这句话。以前的日子多苦啊，可留给祖母的竟然是快乐。

随着年岁的逐渐增长和伴随而来的生活感悟，我越来越深刻地体会到，木匠和祖母身上的一些品质像陈年的米酒一样，散发着浓郁的芬芳。这些年来，在我的工作生活中，我总是不自觉地提醒自己，做事，一定要像我的那位木匠亲戚那样，踏实认真，精益求精，即便不能做到完美无缺，也要尽自己最大努力把它做好，不给自己留遗憾，不为过错找借口，不因事小而不为。只有这样，才能让自己的人生价值得到最充分的体现。做人，一定要像我奶奶那样，豁达、开朗、乐观，不辜负眼前的生活，而是把所有的经历都当作一种淬炼，把所有的奉献都视为一种快乐，不自暴自弃，更不自怨自艾，学会借助美好事物来提升自己内心的幸福指数，驱散心中的阴霾与孤寂，只有这样，才能活得潇洒，内心充满阳光。

做事严谨认真、专注细致，做人踏实乐观、豁达平和，对生活充满热爱，对工作充满激情，一个人能拥有这样的品质，他的人生一定差不到哪里去。

理发男孩

顾文显

　　某天，我去市场买菜，突然被一个哑巴男孩扯住不放，马路对面有一座小雨亭，廊柱上挂着片纸壳儿，上面写着"理发、刮脸"四个字。

　　这么俊俏的男孩，怎么会是个聋哑人！我对他晃了晃手中的食品，对他用夸张的口型说，明天。

　　他高兴了，在手上认真地写了一个"明"，又写了一个"天"，征询地望着我。我点点头，那男孩就仿佛真的做成了生意，冲我做了个长揖，就转身物色另外的顾客去了。

　　走出去一百多米，我越想越不对劲：他会不会认为我骗了他呢，如果回过神来，这孩子今天得多伤心啊。我提着东西又转回去，拍拍他的肩。

　　这下坏了。他以为我改主意要马上理发，就堆满一脸笑，把我往马路对面请。我赶紧解释，指指他的手腕，意思是问他明天几点工作。费了好大劲，他才彻底明白我的意思，很感动地告诉我，明天九点到十七点，他都在那个雨亭中等我。

　　一路上，我暗暗叮嘱自己，不可忘记了对那聋哑男孩的承诺。

　　第二天上班，领导突然要开会，为一个问题大家争论不休，吃完工作餐，继续争论，我早把理发的事儿给忘到九霄云外去了。下午四点多，窗外猛然下起了瓢泼大雨，马路上积水很深，行人狼狈不堪。大家隔窗欣赏外面人的窘状，很有一种优越感。我看到一位推车子的小贩，在积水中艰难地行进，突然就想起了那个聋哑男孩，我答应过他今天去理发的呀。我把这事跟同事说了，同事就笑，这么大雨，谁还在傻等着你，有病啊。

不行，我无论如何得过去一趟，即使他不在，起码我也就安心了。我冲进雨中，好不容易拦住一辆出租车（其实步行也只用十几分钟），钻进车子时，我身上便湿透了。

远远地，我看到那个雨亭子，孤零零地站着一个人影，双手抱臂，显得是那么孤独和凄冷！车子只能在路边停，我冒着雨蹚过去。那男孩认出了我，傻乎乎地咧开大嘴，只知道笑，马上为我脱去湿透了的外衣，小心地挂在亭柱子上，他开始为我理发。

雨溅得厉害，本来就湿透了的膝盖又溅上了雨水。男孩把我尽量往后挪，这样就淋不湿衣服了。可我无意中一回头，发现他的脊背却露在亭子外，雨水哗哗地流在他身上！

我俩推让了好几次，才算把头发剪完。男孩很兴奋，好像为我做什么都心甘情愿。剪完了，我掏出一张十元币给他，随他收吧。而他哇哇叫着不接。我心里"咯噔"一下，要敲诈？可毕竟是聋哑人，别跟他一般见识吧。我又掏出一张百元的。这回他还是不接，只是直冲着我鞠躬。

怎么，一百元还不知足？然而，这个哑巴身体强壮，手中还握着锋利的剃刀，我一个五十多岁的文弱书生，想抵抗，想逃跑，都是不可能的。雨中望不见一个人影，我的确感到从未有过的后悔和恐怖！口袋里共有一百六十块钱，我都掏了出来。咳，你说我倒是找这份不自在干什么？真是活该。

那男孩看出我误会了他的意思。他将剃刀收起，反复跟我比画，终于，我看出门道来了，其实手语不是很复杂的，比画多了，我看懂了，他是说："你能来，我很感谢，不收钱了。"

他等在雨中，又淋得后背透湿，都是为了免费为我服务？这回轮到我内疚了，刚才还怀疑人家要敲诈呢。

男孩又朝我竖了竖拇指，似乎是夸我守信用。接着，他从兜里掏出一把带尖柄的塑料梳子，探到雨亭外的草地上，每写一行字，让我看一下，他写的是："可以叫你爸爸吗？"

我的眼泪一下子涌了出来。可怜的哑巴孩子，我如何担得起那么神圣

的称呼！我一把搂住这男孩，任他顶着冷风呜呜地哭，把眼泪鼻涕都蹭到了我的身上。

不能给他很多钱，那会伤害他的自尊心。我写一篇文章吧，呼吁大家都来关心、尊重和疼爱残疾人，之后再把样刊送给他。我知道，这孩子能活到今天，他一定还会同样坚强地活过明天、后天，直到他老去。

友情是株生长缓慢的植物

顾晓蕊

推开窗，天微亮，一轮红日从远处冉冉升起。宿舍楼下的花圃里花儿开了，散发出若有若无的香气，像我隐秘而青涩的心事。

来这所中学已有半年多了，每天清晨我习惯推窗远眺，山的后面是我思念的家园。虽然隔几个月能回家一趟，但对第一次离家住校的我来说，想家的滋味还是很难受的。

不过很庆幸，在这里我认识了蓝冰。她坐在我的前排，皮肤细白如瓷，一双乌黑的大眼睛显得水灵、俏皮。她是一个爱说爱笑的女孩，空闲时常跟我攀谈，渐渐地冲淡了我对家的思念。

蓝冰的家离学校不远，有一个周末，她邀请我到家里去玩。蓝冰妈妈做了很多小菜，盛在精致的瓷盘里。吃饭的时候，蓝冰不停地往我碗里夹菜，边夹还边说："我妈妈做的菜很香，你要多吃点啊。"

第一次受到这么隆重的招待，我心里顿时涌起一股暖流。临走时，蓝冰跑到院里搬来一盆花，说："这是我最喜欢的海棠，又叫解语花，现在把它送给你吧。"

那盆海棠被我摆在窗台上，碧绿的叶片鲜嫩欲滴。也正是从那以后，我们的友谊突飞猛进，只要一有时间就凑在一起，说着总也说不完的话。

那是一个微风徐徐的傍晚，我们背靠背地坐在草地上，聊起了各自的心事。

我的家境并不宽裕，为了供我上学，母亲到附近山上砸石子。她的手上结满厚厚的茧子，原本清瘦的脸庞显得苍老憔悴。我深知母亲挣钱不容易，

因此平时总是很节俭，去食堂只买最便宜的菜。

她静静地听着，随后也向我道出心底的秘密。前些日子，她的目光被一个身影所吸引，他是阳光帅气的班长。她将满腹心事涂写在纸上，让相思在轻舞的诗行中繁茂生长，妈妈看到后与她进行了一番长谈，她终于将那份淡淡的情怀放下。

那天我们聊了很久，直到夜空中升起繁星点点，才依依不舍地离开了。

不久后的一天，班上有位学生患了重病，同学们想凑钱去看望他。我翻遍钱夹掏出 10 元钱，交给负责收款的班长，他笑着摇了摇头："听蓝冰说你家里很穷，就别参与了。"

我愣了一下，随即红着脸跑开了。妈妈曾说过能给予就不贫穷，他偏要给我贴上"贫穷"的标签，最可气的是传话的竟是蓝冰。

正当我为此懊恼的时候，又爆出一桩"新闻"。班上外号"小喇叭"的男生，把蓝冰的诗抄到后面的黑板上，还在题目下加了句——致班长。几个男生吹着口哨起哄，蓝冰气得脸色苍白。

放学铃响了，同学们纷纷散去，我起身正要离开，被蓝冰喊住："你给我解释一下，怎么会这样呢？"我脸色微变，嘴上却不甘示弱："先问问你自己，是谁把我的情况告诉班长的？"

或许是我的声音有些大了，她气呼呼地说："看你那熊样子！"

什么？她居然说我"熊样子"？要知道在本地方言里，这是句带有轻侮的话。我冷冷地看了她一眼，然后转身离开，只留她一个人愣在原地。

随后的几个月，我们俩谁也不搭理谁，有时目光碰到一起，也都会马上避开。窗台上的海棠，叶片变成黄褐色，看到它，我更觉得心情糟透了。

又过了一段时间，我们家要搬迁，妈妈到学校办理转学手续。同学们送来很多漂亮的明信片，并在上面写下祝福的话。我悄悄地望了望蓝冰，见她一脸静如止水的神情，心里有种说不出的失落。

再想想那天的事，尽管她的话伤了自己，可是我也有错。她跟我倾诉内心的苦痛与快乐，是为了让彼此更好地成长。然而，当"小喇叭"拿着地上捡到的纸团，神秘兮兮地来问我时，我漫不经心地抖落了她花瓣般的心事。

我心里浮起丝丝愧疚，又不好意思主动跟她说话。当我清理完书桌将要离开时，蓝冰走过来递给我一条粉红色围巾，真诚地说："这是我特意为你挑选的礼物，希望你喜欢，也请你原谅我无心的过错。"

我激动得声音都发颤了："啊……不不，应该是我向你道歉。"我们握着手，相视而笑。

回到宿舍，我意外地发现海棠开花了。胭脂色的小花，一朵挨着一朵，紧紧地簇拥在一起。那一刻我恍然明白，友情是株生长缓慢的植物，要用爱心和耐心来浇灌，才能如花儿般绚丽绽放。

我托同学把海棠转交蓝冰，再后来我们经常书信往来。我记得和她在一起的日子，记得她给我的温暖，这一段难忘而美好的记忆，在我心里永远都不会抹去。

在洼里教书

侯秀红

北大洼的夜，是与别处不同的。水汽和雾气，迷蒙在星空之下，浩浩荡荡地游弋。空气里充满着水的味道、雾的味道、草的味道和花的味道。

远处村庄里的灯火悬浮着，歪歪斜斜地铺满了视野。

学校里的早晚自习，各有两个小时。统计起来，孩子们的上课时间每天都有十多节。课上得多了，饱尝辛苦的就不仅仅是老师们了。

有些孩子倦怠了，常常借口跑厕所，到外面去透一口气，或者干脆蹿进野地里蹓跶一圈儿。

早自习还好说，黎明时分，早起的农人随处可见，孩子们被晨光笼罩着，露出一脸得意。最令人担心的是在晚上，校园里黑咕隆咚的，水塘又多。过不了多久，我们便停了课，满院子里去寻找。

洼里的孩子，不分男女，一律胆大、泼辣。孩子们的宿舍外面，便是一片旧坟场，其间仅有一道矮墙相隔。分不清朝代的旧坟茔，被垒砌得千奇百怪。里面碑石林立，让人感觉到头皮发麻。

附近的一位百岁老人说，别看这些坟墓当初筑得光鲜，里面躺着的其实都是些饿死鬼呢，近百年了，也不见有谁来烧上半张纸钱。

孩子们则不这样认为，他们说凡是死得光鲜的，活着的时候必然奢华，有三妻四妾伺候着，金银珠宝应有尽有。殉葬的东西，多得数不过来，谁还稀罕那么几沓子粗陋的烧纸？秦始皇肯定早已经没有了后人供着，但他老人家肯定不会在那边潦倒成一个穷光蛋吧。

有了这样的理论支撑着，谁也不再担心那些光鲜的鬼们，会无端地从舒适富贵中爬出来,欺负一群身无分文的孩子。

所以,这片坟场,就成了一部分调皮捣蛋孩子逃避上晚自习的最佳场所。

有一次,我明明看见坟地里有火光在闪,就断定是班里的大辉和刘力躲在里面偷着吸烟,于是把手电的光束跃过矮墙打过去,结果却惹出来一阵令人毛骨悚然的猫叫,吓得我拔腿就跑,慌忙中还崴了自己的脚。

大辉和刘力汗涔涔地跑回教室的时候,每个人的脸上都伤痕累累。不等我开口,快嘴的刘力抢着说:"老师,刚才吓着您的,不是我俩。都是去年就辍学的皮蛋和狗熊多事,这不,刚才被我俩狠狠教训了一顿,替您报仇了。"

从大辉和刘力鼻青脸肿的状况看来,被教训了一顿的,肯定不是皮蛋和狗熊。皮蛋和狗熊这俩孩子我认识,以前他俩为了把古坟里的鬼引出来,在每个坟背面的坟门上,都写上"此门不通,请走南门"的字样。当然所谓的南门,是他们用树枝刨开的洞。

几次三番未果,两个人就往坟洞里猛扔点着了的鞭炮。"噼噼啪啪"一阵闷响之后,跳出来一条碗口粗的花蛇,花蛇吐着信子对着他们直喷雾气,吓得这两个孩子瘫坐在地上,变成了真正的"皮蛋和狗熊"。他们的家长担心孩子再惹出大祸,开一辆农用三轮车"哒哒哒"地来宿舍里拽了孩子就走,连铺盖卷儿都不要了。

半大小子不长记性,皮蛋和狗熊,一旦感到无聊了,隔三岔五还是跑到老坟场里来瞎折腾。

这一夜之后,我着着实实病了一场。高烧,无力,忽冷忽热。当然,这病未必就与皮蛋和狗熊有什么牵扯。大辉和刘力还是理直气壮地把这俩小子拽了来,向我赔礼道歉。

我对他俩说:"先人也有灵魂哩,别再打扰他们在那边的安宁了,好吗?"

皮蛋听了哈哈大笑,他不屑地说:"老师怎么也迷信啊,人死如灯灭,这个连我们小孩也懂得,难怪老师会被吓病了。"

狗熊也插言道："我爸嫌这些老坟占地儿,要平掉筑台田哩。"

狗熊的爹是村主任,他绝对能说到做到。其实把坟平了也好,免得这些稀奇古怪的物什,哪天会再跳出什么事端来,惊了孩子们的一场好梦。

同事锦突然间就信了佛,并且信得很虔诚,也很辛苦。每日里诵经、燃香、供奉菩萨,不沾荤腥,还要按时去佛堂里做些法事。

锦还不断地劝说别人,要一心地向善、向贤、向德,只有每日三省自身,佛才不会怪罪。她口干舌燥地宣扬佛法,似乎自己已经做了一辈子佛的信徒。

她请人用毛笔写了"菩提本无树,明镜亦非台,本来无一物,何处惹尘埃"的字幅,悬挂在办公室的东墙壁上,醒目、摇曳、清雅。她还用蝇头小楷写了"一花一世界,一草一天堂,一叶一如来,一砂一极乐,一方一净土,一笑一尘缘,一念一清静"的名言警句,压在玻璃板下,当作座右铭来警示自己的一言一行。

北大洼的人,逢年过节的时候都敬鬼神,只有遇到了实在迈不过去的坎儿,才郑重其事地到庙里去求菩萨。于是就有人猜测,锦在生活中莫非遇到了什么难题。

锦听了,煞有介事地把手一合,口中念念有词,她说："一切自知,一切心知。积善成德,佛法无边,阿弥陀佛。"

我私下里想,锦啊,你就站在讲台上对着你的学生去念"阿弥陀佛"吧。

我和锦,从初中时就是同学,十几年来也算是亲密无间了。她突然间笃定了自己的宗教信仰,我总觉得一时半会儿还无法从内心接受。

葛校长对锦也有了看法,开会时有意无意地会流露出来。有一次,两个人甚至还因此而发生了冲突。

那是一个夏天,葛校长别出心裁地组织了一次钓鱼比赛。在我们的校园里,有两个池塘,池塘的水草下面,躲藏的鱼儿成群结队,整天像赶大集似的游来游去。

这次比赛每班各出十名选手,六十名选手组成的垂钓队伍,场面很是壮观。

锦整整一天都在区里参加教研活动，也就是说，这次钓鱼比赛，锦压根儿就不知晓。

傍晚回来，锦只看到了这次钓鱼比赛的辉煌成果。满满两铁桶鲫鱼、鲢鱼、黑鱼和草鲤，鱼们无一例外地都在做着垂死前的挣扎。

锦的一颗心颤抖着，把一百元钞票"啪"地拍在葛校长面前的桌面上，然后拔腿跑了出来。

葛校长当时正在接电话，没弄懂锦的意思。等他放下电话，抓着钞票跟出来，锦已经把两铁桶鱼"呼呼啦啦"地倒进了池塘里。葛校长急得直跺脚，因为他已经答应了同学们，那天的晚餐会吃一顿免费的全鱼宴。这下可好，全鱼宴泡汤是小事，失信于人是大事。尤其是葛校长，在孩子们的心目中，他一直是一言九鼎的人物。

锦拍着胸脯信誓旦旦地说："向孩子们解释的事，包在我身上，肯定不会给校长惹麻烦。"

葛校长听了没再说话，他把一百元钞票又甩给了锦，虎着一张脸走了。

锦先去伙房协助大师傅做了一锅香喷喷的西红柿鸡蛋汤，然后坐在伙房门口，等来打饭的同学到齐了，她站在台阶上大声地宣布道，今晚的全鱼宴泡汤了。

顿时，下面"叮叮当当"勺匙相碰，全是抗议的声音。锦接着说，咱隔壁敬老院的老人们快揭不开锅了，我用大家钓的鱼换来一百元钱，想给爷爷奶奶们救救急，如果谁不同意，改天我领你们下馆子去吃真正的全鱼宴。

孩子们"嗷嗷"叫着，转身去抢西红柿鸡蛋汤，吃不吃全鱼宴已经无所谓了。锦把钱交给了她班上敬老院院长的儿子，请他爸转送给老人们。锦如释重负般舒了一口气，挂在脸上的笑容像极了盛开的菊花。她这一天的功劳实在不算小，既放了生，又关爱了老人，可谓一举两得。

说不清什么时候，锦调换了办公室东墙壁上条幅的内容，其中写道："身是菩提树，心如明镜台，时时勤拂拭，勿使惹尘埃。"

有一个多事的同事问锦："你整天神神道道的，虔敬无比，那你告诉我，什么是佛？佛是什么？佛住哪里？哪里有佛？你为什么学佛？"

锦一本正经地回答道："我心自有佛，自佛是真佛。自若无佛心，何处去求佛？佛者心也，心中有佛，坐亦佛、立亦佛、行亦佛、睡亦佛，时时处处莫非佛也。学佛是对自己的良心交代，不是做给别人看的，阿弥陀佛！"

锦的口若悬河，让我们听得似懂非懂，懵懵懂懂。从此以后，锦便得了一个响当当的名号——锦大师。

奔赴一场豪华盛大的"喜宴"

侯秀红

我们北大洼学校，很少开家长会。

要问个中原因，既非学校偷懒图省事，也非老师们嫌费心思。葛校长说，我们北大洼的家长过于实在、淳朴，我们的学校实在承载不下这种来自于家长们的热切和厚重。

我们学校的教学，向来是封闭式的。北大洼地广人稀，村庄零星地散落着。无论是从安全角度出发，还是从学习效率考虑，孩子们一升入初中，十有八九会选择住校。

北大洼的孩子，远没有城里孩子的娇气。每天早晚两顿饭，皆是馒头就咸菜。只有中午，才能够吃一顿水煮菜。整整一星期，都难得见着一点儿的荤腥。

父母们忙碌着，颠簸着。为了生计，披星戴月，东奔西走。他们觉得孩子住进学校，就如同住进保险箱，再不用整天地牵肠挂肚，整天地提心吊胆，担忧孩子在洼里疯跑会跑出什么闪失来。他们对孩子成长过程的关注，还远未上升到营养学的角度。他们透过学校那几排简陋的平房，仿佛已经看到了自家孩子朝气蓬勃的未来。

曾经有一次，葛校长吩咐下来，让各班开一次家长会，顺便向家长们汇报一下学校的工作及孩子们的在校情况。

那一年中考，我们北大洼学校全面开花。不管是单科评比，还是各项综合，都稳居全区第一把交椅，葛校长捧着区政府下发的黄灿灿的奖牌，内心喜滋滋的。于是，邻近乡镇甚至原本在区直中学就读的学生，有不少托关

系、走后门，想方设法拥着、挤着地要来这里借读。

葛校长红光满面地站在学校门口，迎来送往，忙得不亦乐乎。这次家长会的情境，让葛校长受到了很大的震动。

家长们戴着斗笠，挽着裤脚，汗流浃背地从集市上、从盐池中、从庄稼地里、从砖瓦厂匆匆忙忙地跑了来，他们兴高采烈的样子，好像是来奔赴一场豪华盛大的"喜宴"。

家长们原本是赶大集做买卖的，他们捎来了没有来得及卖尽的青菜、萝卜、咸鱼和猪肉……在滩里下盐池晒盐的，顺手便装来了半蛇皮袋子白花花的原盐；在地里浇水、施肥、侍弄庄稼的，也会掰上十几穗老玉米，捆绑在自行车的后架上驮了来。

不久，在每个教室前面的空地上，都放满了一堆堆小山似的物品。

葛校长瞅着这些东西，眼睛里像蒙上了一层薄雾。他不知道自己怎样做，才能够恰如其分地把内心的感动表达出来。

葛校长把早已准备好的讲话稿扔在一边，面对着几百张同样黝黑、同样粗糙、同样憨实的面孔，深深地鞠了一躬，又鞠了一躬。

他说："大伙儿只要信得过我，信得过我们的学校和老师，把孩子送了来，就不要太挂念。"

葛校长这几句暖心窝子的话，为他赢来了一阵阵热烈的掌声。最后他又恳请大家把捎来的东西再带回去，免得让他这个芝麻绿豆大的官儿犯错误。

家长们"哗"的一声，笑喷了。有的说："我们的县太爷才是七品芝麻官儿，葛校长，我们压根儿就没拿你当"官儿"来对待，犯错误的事还轮不到您呢。"

还有的说："葛校长，要是拿一把青菜、几个萝卜就犯错误，天底下的官儿真是没人再去当了。"

葛校长没法，就把家长们捎来的东西，作为福利分给了老师们。他一边分着，一边直嚷嚷着受之有愧。

我班里有一个学生叫肖福才，他的家长一直在外面做水果生意。接到肖福才的电话，也连忙开着他的破富康奔波一百多千米，风尘仆仆地赶回来。路过县城时，他特意从"乐佳家"超市买了五千块钱的"购物卡"。他把厚厚的一沓"购物卡"递给葛校长，说这是他送给孩子任课老师的见面礼。

这个"见面礼"，我们谁都不敢接，葛校长当时像捧着一块烫手的烤地瓜，坐立不安。

傍晚，葛校长就坐了公交车去县城里的"乐佳家"超市退卡了。当然，退卡的事，又惹出了一些意外的风波。我曾经根据这个情节，又另外稍加润色，写成了一篇题为《退卡》的短篇小说，发表在市晚报的"文艺副刊"上，曾在当地引起了不小的反响。葛校长读了，并没有说什么。他把退卡的钱，让信佛的锦老师送去了乡敬老院。

自此以后，直到他离任，北大洼学校再没有组织过第二次家长会。

你是优等生

清　山

　　那时，她正在上初二，班里新换了一位历史老师。历史老师姓孙，五短身材，脸盘圆乎乎的，蒜头一样的鼻子，看起来有些滑稽可笑，像是成人版发了福的三毛。她喜欢《三毛流浪记》里的三毛，但这位老"三毛"，令班里喜欢帅哥偶像追星的女生都大失所望。

　　果不其然，孙老师在现实生活中，就少有女孩喜欢他。已经二十八九岁了，还没有把自己"嫁"出去。孙老师性格温软，说话慢声细语，十几岁的孩子正是性格叛逆、思想千奇百怪的年纪，需要严师加以管束。天上掉下这么一位好脾气的孙老师，学生们都暗呼幸运，但并不打算珍惜。大家都不太把这位好好先生当回事，甚至蹬鼻子上脸，在他上课前，在黑板上画了一位蒜头鼻子的卡通像，戏弄他。他并不生气，只是笑嘻嘻地用黑板擦擦去。

　　因为找不到女朋友，他变得有些颓废，个人生活变得越来越窝囊。班主任是一位中年女教师，为了帮助他改善精神面貌，尽快解决个人问题，经常召集班里的女生，到他的单身宿舍献爱心，帮他打扫房间卫生、洗衣服。她也在这些女生之列，他不堪入目的个人生活，让他在女生面前越发没了威信。女孩们都笑话他是邋遢鬼！

　　初二年级正是承上启下的"分水岭"，对于学生的学习成长非常关键。成绩上去了，以后可能就会一马平川、顺风顺水；成绩滑下来，则如逆水行舟、一泻千里。她初一时，学习成绩还勉强可以，但到了初二，脑子突然变得纷乱复杂起来，整日陷入胡思乱想中。她的成绩开始走下坡路，最不堪的一

次是各科成绩多数倒数,只有历史成绩考进了前五名。这令父母和班主任都愁眉不展,不住地叹息。思想工作也做了,但她似乎都听不进去。眼看着,她的成绩就像撞上冰山的"泰坦尼克号"一样慢慢坠入海底。

唯一令她骄傲的就是历史成绩。自小,受祖父的影响,她就对中华五千年的文明史格外感兴趣。历代朝代更迭、事件典故,她都了如指掌、如数家珍。在孙老师上任伊始组织的一次摸底考试中,她竟然考了个全班第一。但因为其他科目成绩都差得离谱,同学们并不把她的这个"第一"当回事,连她自己也感觉脸上并没有什么光彩。只有不了解底细的孙老师把她大大褒扬了一番。

一次历史课上,她和同桌窃窃私语。孙老师虽然表面看来软弱可欺,在课外时间也任由学生和他胡闹,但对课堂纪律要求非常严格。他马上把她和同桌叫起来,回答他刚才讲过的问题。同桌结结巴巴回答不上来,她非常轻松地回答了孙老师提出的问题。孙老师脸色变得严峻无比:"虽然你回答出了我的问题,但我仍然不能表扬你。你是优等生,要给其他同学带头,起到榜样作用,无论任何时候,都不能破坏课堂纪律!"听到孙老师称她为优等生,许多学生都忍俊不禁,把头低下来,用手捂住嘴巴,好像怕笑出声来。其实她的同桌综合成绩在班里是真正的优等生,班主任专门安排和她结对,是帮助她提高成绩的。刹那间,她感觉自己的脸好像被火柴点燃了,此刻,她真希望有个面具可以戴在脸上,遮掩内心的羞愧和屈辱。

这次历史课以后,犹如川剧中的"变脸",她突然像是变了一个人。从前性格外向的她一下子变得文静无比。由仰望天空,到关注课本;由天马行空,到聚精会神。初二下学期的期终考试,她竟考进了班里的前十名。父母和老师对她化蛹为蝶的蜕变既莫名其妙,又惊喜不已!

四年以后,当她如愿考取一所南方的大学后,临行前,她专程去看望孙老师。适时,孙老师早已"名花有主",师母善良贤淑,也是一位老师,将孙老师和家里收拾得干干净净。孙老师在妻子面前对她大加赞赏:她在初中时就是优等生,现在又考取了名牌大学!

　　她羞惭地笑:不对啊,那时,我除了历史成绩好一些,其他几门功课,都是班里的差生,正是孙老师这句"你是优等生"的鼓励,彻底改变了我的一生。

第三辑

与狮共舞

读书是为了明智,如果只是听从别人的看法,我又何必再去读原著呢? 我要做一个有创造力的人,首先要发挥自己的想象力和有见地的看法,深入到作品中去。

兔 子

阿 土

兔子是个女孩。提起兔子,我真不知道该如何描述她,我不想用长得美丽或不美丽来形容她的样子,我觉得美丽这个词用在她的身上还不合适,因为美丽需要有些世故的风情,而兔子还只是个十四五岁光景的孩子。但是我不得不时常提起她,因为她总是泡在网吧里。

我是在用 QQ 聊天时遇到兔子的。我上 QQ 是因为我的朋友。那时,我刚买电脑,为了能快速熟练地掌握打字的方法,就去找开电脑公司的朋友,朋友告诉我如果想迅速熟练地打字,最好的办法就是上网,用 QQ 聊天。他说这是一条捷径,一条迅速而有效的捷径,并且,他还免费为我申请了一个 QQ 号。

兔子是第一个主动加我 QQ 的网友。她来的时候,用一副蛮老练的方式和我打着招呼,语气平静而干练,挺像个同龄人:"嗨,你好,我们可以聊聊吗?"

看到她向我提出的要求,我有些兴奋甚至颇为紧张。

因为是第一次有人找我说话,我有些受宠若惊的感觉。在我上 QQ 的头几天,因为我的打字速度太慢,几乎没有人愿意和我说话。我找到她们的时候,她们起初还和我说上几句,后来也都慢慢地离开了我。对于网络,我是一只菜鸟,就连聊天的 QQ 也一无所知。所以当兔子找上我的时候,曾让我莫名地感激了许久。在和兔子聊了一段时间后,就显得很熟悉了,我渐渐对网络有了一些了解,可以轻松自如地使用 QQ 了,也知道如何通过 QQ 上的头像查看对方的历史或资料了。兔子是网名,头像也是动画片《狡猾的兔

子》中的兔子头像。但是那对竖着的长长的大耳朵,和两颗龇在唇外的大门牙总是让人感觉不是很舒服。兔子的档案上,性别那一栏写着女,年龄栏写着28,家庭住址是上海。但是我除了对她的性别不感到怀疑外,并不觉得她有28岁,也不相信她是真的住在上海,无论是她说话的语气,或做出的一些举止都让我觉得她应该更年轻,且与我所在的那座城市没有多大的区别,因此我认定她不会离我所在的城市太远。

兔子几乎是个疯狂的聊友,每次,只要我一打开QQ,好友名单上她的头像必定会在闪动着,无论是一个留言,或是在不停发出着哈哈的笑声。我一直不能理解兔子为什么能操作出那种不寻常的声音来,而直到今天我仍然不能发出那种声音。

兔子曾让我看她的个人网站上的照片。我去了,却不知如何打开,恐因此遭到兔子讥讽,我便谎称看到了。于是当兔子一遍又一遍地问我她长得好不好看时,我只能含糊着说长得还不错,挺好看的。于是兔子就颇为骄傲地发出她那种特有的哈哈的笑,有时她的笑让我的身上不停地生出一层层的鸡皮疙瘩。

如果仅仅如此,我相信兔子不会在我的记忆里停留太久,我不是一个喜欢生活中没有一点波澜的人,那样的生活太容易被忽略。直到有一天,我真正地看到了兔子,并且在我和兔子进行了最后一次的对话之后,我突然决定打那个举报电话。我相信,兔子永远也不会想到,她和那群同龄的孩子在网吧被本市电视台曝光的事会与我有关。

那是个周末,因为心情不好,我就百无聊赖地沿着城市的街道,一条接一条地闲逛,谁知逛着逛着就不知不觉地走进了一家网吧,那是间不大也不小的网吧。

兔子仍然像往常一样,给我留着言。我打开了兔子给我留的信息,正读着,突然听到那种熟悉的哈哈声正从我身边不远处传来,兔子的头像也开始不停地闪动着。我借伸懒腰的方式,向左右瞥了瞥,于是我看到了左边第三台电脑前坐着的,那个大约十四五岁的女孩,她正在用名为兔子的QQ,疯狂

地发着信息。虽然我只是看到了她的侧面,但我相信,我已经看得很清晰了,她一脸的稚气,面孔也比较清纯,像个在读的中学生,散发着青春的光彩。我不由得愕然了,虽然我从一开始就觉得兔子应该年轻些,但想不到她竟是个孩子。

我的大脑一下子停止了思维,仿佛掉进了冰窟里,一种从未有过的恐惧感,向我的身体袭过来。此前我曾听过一些关于孩子与网络的种种传闻,但我并不十分相信,总认为传闻只是传闻,没想到自己竟也和一个孩子聊了那么久! 这是一个多么巨大的讽刺呀! 说真的,也就在那一刻我发觉到网络真的像一些人说的那样,是一个黑色的洞,前面看不见出路,后面也看不见走过的地方。

我不想再看她都给我写了些什么,只是简单地告诉她我不想和她聊天了。我说:“兔子,你还是个孩子,你的年龄是最容易被诱惑的年龄,你不该来这里,你该好好地待在学校里呀。”我更想不到的是,她竟会这样对我说:“兔子不小了,除了年龄小一点外,其他哪儿都不小。”

我再次感到了震惊,忍不住在电脑上敲出了一排的省略号。我说:“我掉了下巴。”再次从兔子那儿传来了哈哈的笑声。我不解地问道:“兔子要吃人吗?”“不,兔子发情了。”

几分钟后,我关了电脑,在离那家网吧不远的地方,我拨响了那个举报的电话。当晚的本市新闻中,我看到了那家网吧被查封的消息,而那群被查出的非成年人中,最大的才十五岁,而兔子则排在十五岁的后面。在电视的画面中,在不停地扭动身体,躲闪着镜头的网吧老板的身后,赫然地挂着“非成年人不得入内”的牌子。

此后的一些日子我已很少上网,偶尔的几次也没有看到兔子再在我的QQ上出现。我想现在兔子可能已经吸取了教训,或已经不再上网了。两个月后我离开了这个城市,在离开之前我就把兔子的QQ号拉入了黑名单。几个月后,当我在另一个城市的网吧里和一个熟悉的朋友聊着一些论坛的事情时,突然听到身边再次响起了那个熟悉的哈哈声,我忍不住转过头去。

　　我身边的一台电脑前，一个大约四五十岁且秃了头顶的老男人，正在以"风流美少年"的网名与兔子在 QQ 上疯狂地聊着。而兔子仍不时地传来她那哈哈的怪笑声。

扣　子

阿　土

　　扣子是突然从我的 QQ 上消失的。从 2001 年至今，我已经很多年没有扣子的消息了，尽管如此我一直没能忘了扣子，也没能减轻自己的懊悔。

　　我与扣子是在 2000 年的春天成为网友的。当整个小城在 21 世纪的阳光中沸腾起来时，我在电脑前已经坐了近三个小时。凌晨四时，我习惯性地从床上爬起。必须申明一点，我是一个靠爬格子养活自己的人，每天准时四时起床，天黑睡觉。我知道这是一种不良的习惯，但体内的生物钟已经形成，我也难以改变。

　　最后一遍保存好完成的文章，退出文档。再次链接好网络服务器，登录 QQ。这同样是我每天养成的习惯，在关闭电脑前，总要登录一下 QQ，看看朋友的留言，回一下朋友的话。陌生人里有几个闪动的头像，我看了一下他们的留言就迅速删除了他们。我讨厌这些无聊的人，他们不是向我灌输反动思想，就是向我提供一些低级下流的色情网站。我有过那种经验，仅仅登陆了一次，就差点儿让整个电脑瘫痪。

　　就在这时，我看到扣子。我很惊讶扣子这么早就来到网上，就随手留下一行文字：我缺了一个。

　　我习惯于用自己独特的方式结交网友。早在刚学会上网那会儿，就有朋友告诉我，网上的朋友没几个是真正可以结交的。我告诉朋友，我只用自己的方式和他们相处，就像那些看不懂我留言的人，我决不会和他们多谈一分钟。

　　"要我帮你缝上吗？"没想到扣子的反应这么快，话也清朗。我笑了，为自己又认识了一个聪明的人高兴。当然并不是因为我有多聪明，只是我喜欢与聪明的人交往，这样有助于提高我的认知程度。很快我们就各自把对方列为好友，慢慢地竟无话不谈了。我们聊得很投机，她很愉悦，我也快乐，我们的情绪通过双方打字的速度就可以看得出。扣子似乎毫无戒备，她毫不设防地告诉我她是女孩，家在南京。另外，扣子最让我感动的是她对旅游的执着，我甚至觉得只有"如痴如醉"这个词可以表达她对旅游的疯狂程度。扣子每到一处都会给我发来一张当地的风景照。只是我不明白她为何从不在那些照片上留下自己。她说那些照片是她行走的过程中拍摄下来的。我很认真地看过那些照片，它们有藏北无人区的雪峰，有可可西里的羚羊，有天山，有辽河。我感到震撼，并且惊讶于那些充满生命的作品，更对扣子的行旅与认识倍加钦佩。后来我认识了一个搞专业摄影的朋友，看过他几幅作品，觉得扣子的摄影水平几乎与他相当。

事情常常会有让人意想不到的结局。如果不是结交了搞专业摄影的朋友，相信我和扣子一定还会是最好的朋友。

扣子从我的QQ上消失时已是2001年的春天。那段时间我正在进行一个中篇小说的写作，少有时间上网。小说完成后，本想上网与扣子分享一下我的快乐，搞摄影的朋友却找到了我，说他有个影展想让我为他的作品配些诗，我答应了，让他顺便多挑几幅小样来，我也想更多地欣赏他的作品。接过他的小样刚翻了几幅，我就觉得眼前一亮，那些作品里有几幅竟是那么熟悉，却又一下子想不起来在哪儿见过。当我打开电脑准备写作配诗时，脑海里一下子映出了扣子。很快，我在扣子发给我的相片夹里找出了它们，我无法相信它们的相同，更在心里不愿承认他们中间有谁剽窃了对方的作品。我还是打通了朋友的电话。朋友笑着说，扣子也是他的网友，她在知道自己是个摄影师时，就请求他把每到一处的风景都给她传一些。她说她是个双腿有着残疾的人，她只能通过别人的行走看到自己心里的风景。

我一下子愣住了，觉得自己被耍了。我无法想象这个活泼又显得清秀的女孩竟也这般虚伪！也许是气愤冲昏了我的头脑，我不仅把给朋友配了诗的那几幅作品一起传给了扣子，临了还加上了一句让我至今都感到后悔的话。

扣子转眼间就从我和朋友的QQ上一起消失了，没有一句解释的话。

朋友说我不该那样对待扣子，他说扣子其实是个很不幸的人。她之所以把那些照片发我，相信是她不想让我看出她的不幸，她想让我觉得她是一个健康的人。而这种事，只有十分珍惜对方的人，才会那么在意自己的形象呀！

朋友说这些话时我已经后悔了。我开始在电脑上搜索，结果找出了数十个叫扣子的人，但没有一个是她。我把结果告诉了朋友，朋友说，在QQ上，一个不想让你找到的人，只要把你拉入黑名单你就永远别想找到他。

我真不该向她说那句话。

"你怎么可以是一个身体上有着残疾，心理上也有着残疾的人呢！"相信看了这句话，没有人会原谅我！

没有彼岸的河

纪广洋

一

高一入学那天，鲁西南那片只能被称之为丘陵地带的山峦，迎来入秋以来的第一场大雨。我们的学校就建在一座小山的山坡上，这是一所与共和国同龄的重点中学。接纳的学生既有本地市的，也有省城甚至是外省市慕名而来的。我和菲菲就是在这风雨中的校门口，第一次尴尬接触的。那天上午，我骑着一辆破自行车，披着一件军用雨衣，独自一人去学校报到。骑到离校门口还有半里路时，由于是上坡，就再也骑不动了。我正吃力地推着自行车往上爬，一辆深蓝色的轿车"噌"地一下从我身边驶过，也不知怎么这么巧，轿车的轮胎正好碾在一汪积水上，溅了我一身泥水。上半身有雨衣倒无妨，裤管和鞋子可遭殃了，要知道这可是我刚买的新鞋新裤子啊。就在我骂骂咧咧地抬头望去时，那辆轿车已停下，车上走下一个羞答答、略显矮小的女学生。她向我快步走来时，车上的窗口里又探出两男一女三个人头来，他们只是朝我不无冷漠地望了望，便又一一缩回去。

"对不起……"女学生怔怔地望着我，显然是不知说什么才好，一副急得要哭的样子。

看到她那紧张和局促劲儿，我一肚子的气就消了一大半，勉强地冲她笑了笑说："不要紧的，只是……"我欲言又止。

"只是什么?"她异常关切地蹲下来，用手拂了拂我的裤管和鞋面，柔柔地问:"第一次穿吧?"

"嗯。"我一边点头一边小声应道。

"这样吧,"她依然蹲着,抬起下巴看着我说,"等安顿下来,我给你好好洗洗……对了,我叫菲菲,是高一的新生。"

这时,车上的人们就有些不耐烦地叫她,有一位男士还嫌她啰唆。

我就说:"你快去吧,不要紧的,又不怪你。"

她非常尴尬而又非常真诚地朝我笑了笑,小声说:"回头见。"

二

下午分班时,她和我竟然分在一个班。排队分位时,她故意站在我的身旁,还悄悄地对我说:"咱俩坐同桌。"谁知,没站巧,老师的排法正好把我俩分开。她排在了我座位的左前方。待我们第一次各就各位地坐好后,老师在讲台上讲着话,她还回过头来对我挤眼。

也许是不"打"不相识的缘故,我对她的印象好极了,甚至萌生出一种说不上来的类似于感遇之恩的情愫。她近在咫尺的侧影常常吸引着我的目光,她轻柔甜润的细语常常余音缭绕于我的耳畔——我一直说不清、描述不清那是一种怎样的视觉、听觉和感觉,更说不清、描述不清那是怎样一种懵懂的心理。那时,尽管我对恋和爱的概念还比较模糊,可对她的印象和感应一点也不模糊,她的音容笑貌不但晃动在我的眼前、闪现在我的脑海,还悄悄进入我青涩的梦乡。

她的眼睛不大,但柔光内蕴;她的皮肤不白,但青栩如玉;她的身姿不挺拔,但生动婀娜……她在我的眼底心底楚楚动人起来。

不知是早熟,还是一种先天的与生俱来的"邪念",抑或是因为她那不寻常的出身(她的父母都是高干),给我带来无法企及的神秘感和含有征服意念的攀附欲。我竟然无法克制、无法排遣地坠入对她的窃思和联念,对她的一言一行、一颦一笑都特别关注、特别敏感。一边寻找机会和她接触、和她

攀谈，一边又怕她看出我的心思。那种既甜蜜又有些哀伤失意的矛盾心理，很是揪心。可是，这所有的一切，我都深深地埋藏在心底，她更是不知不觉，因此一点没影响彼此的学习，开学半年后，我和她都当选为班干部，后来又一起被评选为三好学生。

三

转眼到了第二年的夏天。有一次，她好像是回家时和家人闹了别扭，回到学校后还哭了一场。到了周末，当那辆进口轿车又来接她时，她说什么也不走，并告诉司机，自己想到附近的山上玩一玩，让父母放心，她不会出什么事的。

我原以为她是在搪塞司机，谁知，车子刚开走，她就悄悄地对我说："你明天也别回家了，咱俩一块儿到附近山上的济公祠游览一下。一会儿我到商店里买点儿吃的东西，明天带上，我们玩一整天，天不黑不回来。"听那语气，就容不得你不答应她。我只能点点头。

第二天，太阳刚爬上东面的山头，我们二人就蹦出校园，徒步朝着看似不远的一座山峰攀缘跋涉而去。她穿着一双半高跟的凉鞋，每遇到一个小坑小坎，就又喊又叫地让我扶她。当时我就想，难道说她对我也有那么点儿意思吗？

从我们学校所在的那座山，到建有济公祠的那座山，中间隔着一大一小两个山头。不过，这两个山头都没有济公祠所在的那座山高，从我们学校的操场上就能隐约看到坐落于山峰一侧的济公祠。我们二人好不容易攀过那座大些的山峰，才刚松口气，一条与其说是溪流不如说是河流的山涧流水横在眼前。我毫不犹豫地扒下鞋子、卷起裤管，率先蹚着试试水深。我非常顺利地蹚了一个来回，最深的地方还不及膝部。谁知，当我扶着一手提着凉鞋，一手撩起裙裾的菲菲就要过溪时，一条筷子般大小的红花蛇，透逶着浮出水面，自下游逆水而上，我急忙用石块和树枝把它驱赶得无影无踪。可

是,说什么菲菲也不敢蹚水了。最后她竟然哭丧着脸说:"你背我过去吧,求求你了。"

万般无奈之下,我只得屈身就势了。就在我有些吃力地背着菲菲蹚到溪心时,可能是她的脚尖沾上点水儿,她一边惊叫一边猛地往上一窜。这下好了,毫无准备的我,身体失重、脚下一滑,一下摔倒在湍急的水流里。菲菲惊叫着抱紧我的脖子,越是这样,我越是被动,最后弄得二人连一点儿干地方也没有了,她背上的包里也灌满了水。她惊惧异常、哭叫连天,嘴里不停地喊着:"蛇、蛇!"

我终于挣脱了她的"羁绊",站起身,并顺势托起她,走上对岸。其实这是一条没有河岸的清流,如果说非得给它找到岸的话,那就是两边的山峰了。

"你挺有劲的。"她一边抹泪一边喃喃地说。

"还不是形势逼的吗!"我面对着水流哭笑不得。

四

她的裙裾和短衫被水一浸,紧紧地贴在身上,我再不敢看她。她却连声叫我看看这里、望望那里,说是这里疼、那里痒的。当二人落汤鸡似的走到济公祠时,还没来得及参观,她又嚷着身上不舒服,说是让水泡得难受。我就说:"谁不难受,过一会儿就干了。"

她就说:"干也是外面的干,里面的小衣服什么时候才能干啊?不行,我得脱下来晾一晾,不然会泡出毛病来的。"

"你别胡闹了,在这深山老林的寺庙里,可不能胡来。"我故意夸大其词,想阻止她的超常举动。

"你别忘了,这是济公祠。济公他老人家是什么也不在乎、什么也不避讳的。"她还振振有词。

"那也不行,让人看见多不好。"我仍坚持自己的观点。

"哪有什么人？不就是晾晾湿衣服吗，别大惊小怪的好不好。"菲菲半是认真半是顽皮地说，"你只要不看，就没有人看。"

"你要是非脱不可的话，我就暂且回避一下。"我说着就想离开。

"你哪里也不能去，"菲菲非常霸道地拦住我的去路，努着小嘴说，"你一离开，我还敢脱吗？你傻吗你!？"

她看我非常难为情的样子，便又解释说："你也得把外边的衣服脱下来晾一晾，维护身体的健康才是最重要的。你也别太封建了，不就是晾晾湿衣服吗，再说咱又不是那种太随便的人……"

我不知道她对我说这些的真正意图，但有一点让我欣喜不已、永远铭记——那就是，她没把我当外人看，对我是充分信任的。

五

整个高二可以说是我最幸福、最难忘的时光，菲菲那纯真的友爱照耀着我学子生涯的日日夜夜。可是，高二那年的暑假里，她的父母因工作调动，到千里之外的城市任职了。作为他们唯一的女儿，菲菲自然而然地办理了转学手续，跟了过去。遗憾的是，在她远走时，我正在外地参加一个文学青年夏令营活动。听我的家人讲，在菲菲临行的前一天，她曾来我家，可什么也没说，吃了几个枣就走了。

后来，我曾多次给她写信。她在给我回信的同时，还曾附来一份她亲笔誊了一遍的竞赛试题。试卷上那道关于河深河宽的应用题，我早已解得一清二楚。只是，我与她之间那道被生活现实、被无情岁月隔离得愈来愈宽、愈来愈浩瀚的命运之河却再难以泅渡。

人生是个美丽的错，错就错在那么多的无奈复无奈上。思念是条没有彼岸的河，我是义无反顾的沉溺者。

米糖担两头的生意

巴 陵

回到家乡,米糖已经绝迹。小时候,米糖诱惑过我不少口水,也消耗过许多羡慕的目光,米糖的记忆却深深地留在了我心底。

我才十岁时,堂伯父已经六十多岁了。在他没有卖米糖的日子里,我不知道他与我有亲戚关系。这并不是我不认他,而是我们住的地方相距较远,我进校门前很少出过家门。加上我们是五代以外的亲戚,来往得不多,所以我童年的时候不太认识他。但是他老婆我是认识的,堂伯母是个非常泼辣的女人,附近三四个村子都知道她的大名和骂腔。她儿子移六与我在同一所小学读书,移六与同学吵架,她就会到学校来大吵大闹。

那是20世纪90年代末,国家经济有所发展,我们小孩手头开始有那么一毛两毛的零花钱,下了课到学校旁边的商店去买糖粒子吃。当时,村里只有一个供销社,糖粒子不零卖。不远处有一个私人商店,当时叫经销点,老板是本村人,在外面见过世面,做生意挺聪明,无论学生买多少都可以。我们常拿一分钱两分钱去买糖粒子,老板很有耐心。

堂伯父也许看到了这里的商机,开始做起米糖生意来。听人说,米糖是从他的女婿那儿——白溪镇贩来的,也有人说,是从圳上镇贩来的;但是,我到现在也不知道米糖到底是从哪里贩来的。据说,米糖是用大米做的,他们有理有据地说,米糖上面的大米粉那么多,不是大米做的吗?

米糖加碱发空,有大大小小的气孔,截成直径一尺左右的盘,寸把厚。

堂伯父的米糖担是一担皮箩,把米糖盘放在皮箩上的筛子里,米糖与筛子间隔层大米粉,米糖上撒层大米粉,看上去就是一层白色的灰尘。所以,

从这以后，我们那里有了一个新的词语表达：小孩身上沾满了灰尘，父母就会说你的衣服成了米糖啦！

堂伯父有一套行头：一个"7"字形的凿子，一把小锤子，一杆星子秤。

学生手上零花钱不多，买米糖以一毛钱为单位，有块厚莴笋片大小。同学之间很讲感情，一块这么小的米糖要与几个好友分享。某人买了一块，要请堂伯父再凿碎，每人一小块，放在嘴里，慢慢地用舌头搅动，在口腔里盘旋。有时候，米糖刚买到手里就上课了，我们在课上偷偷地吃，一节课就在甜蜜中度过，听课也特别有劲，偶尔相互之间抿着嘴偷偷一笑。米糖一咬，就会卡在牙齿上，特别是在口腔里慢慢融化的米糖，粘在牙齿上的概率非常大，粘住了就得用小手去抠，才能把米糖抠下来，重又塞回嘴里。

当时，有零花钱的学生很少。我不买铅笔、作业本、墨水，父母很少给我零花钱，可是，米糖实在吸引我们的口水。当时，我那些同学都很顽皮，也会干些小坏事。

生活在大山里，饿了在地里抓点什么吃很正常，虽然有人会骂街，几乎没有一个人不偷花生、红薯、玉米、甘蔗吃的。其实，品行是在成长的过程中靠父母教育的，父母会教育，小孩长大后就会不偷人家的东西了；要是父母不教育或者不会教育，小孩到老都是毛手毛脚的。

学生不是明目张胆地抢，而是趁同学买米糖的时候摸点，方法莫过于起哄、打架两种。起哄是有钱的同学去买米糖，年龄大的个子高的胆量强的同学尾随其后，装作去抢同学的米糖，走到摊点前用力往前一推，前面的没站稳脚就往前倾，后面的压过去，就趁机摸一小块；打架是故意在摊点边争吵，推推拉拉，其他人趁机浑水摸鱼。堂伯父遇过几次这样的事后，就不先把米糖凿碎，学生买多少再敲多少下来，想趁机偷点的同学也就没机可乘了。

堂伯父每逢学生下课时才有生意，一天挣不了多少钱。但是，他在操坪里摆了个米糖摊子，商店的生意就明显下降。毕竟糖粒子只有那几种，学生吃多了也腻了，换种口味也许会好些，米糖的生意就出奇的好。堂伯父影响了商店的生意，商店老板马上想出对策。商店老板对学校校长和老师突然

好多了,还摆了一副象棋让老师们课间杀一盘。但是,商店老板真正给了老师们什么好处,我那时候也不太清楚,应该说是有的。学校的老师马上不准堂伯父在学校里卖米糖,特别是不准在学校操坪里卖,说会扰乱学校正常的教学。堂伯父就只好在学校通往商店的路上卖米糖,而这个地方正好是属于商店地盘,商店老板就赶他,堂伯父没有地方摆米糖,就只好打游击。这事不知怎么被堂伯母知道了,她怒气冲冲地跑到学校,跟商店老板大吵一架。因为她是泼妇,任何人都不怕,吵得整个村子都沸腾了。她逢人就诉苦,宣扬商店老板如何霸道。后来,她又跟学校的校长吵了一架,学校的老师见她骂街,都躲得远远的。

堂伯父只好挑着担子到邻村去卖米糖,早出晚归。毕竟他是老人,不能走更远的路。

我后来才知道,堂伯父卖米糖不只在邻村,他还卖到了很远的地方,方圆二十里人们都认识他,见面就问他有米糖吗?他成了公众人物,也就成了大家的通信员。我们那闭塞的山村,通信很不发达,大部分靠捎口信,堂伯父就接下了这一任务。人家需要带个口信,就托他捎信。当然,少不了要到他那里买几毛钱的米糖。

我们学校买不到米糖,那商店的生意也一蹶不振。后来听人说,商店老板做生意价格很贵,还卖假烟、假酒。这消息应该是商店生意不好的主要原因。我曾怀疑,这消息是堂伯母宣传出来的。

进城读书那年,堂伯父去世了,米糖在家乡消失。

走在乡间小路上

薛俊美

　　繁忙的都市生活，总会令人心生倦怠和疲乏。身体的劳累可以休憩，心底的百无聊赖却无法消除。于是，每个周末，抽出一点儿时间，到乡村的小路去走一走，去看一看，就成了我生活中最重要的一件事。

　　先不说别的，单是乡村的空气，就让我神清气爽、心旷神怡。隐藏在大山背后的乡村，俨然成了一片花的海洋。山野小村一草一木，都生长在自然里，没有矫情，没有做作，只管一门心思地吐翠含粉，尽情绽放属于自己的春天。吸一口氤氲着淡淡花香的空气，心儿就醉在这无边的春色中了。

　　这个季节，桃红柳绿杏花红，粉嘟嘟的惹人爱。桃花春色暖先开，明媚谁人不看来？喜欢春暖花开的人，自是占尽了春色的明艳和娇媚。走在乡间的小路上，左边是一片桃林，右手是一片杏花，不是仙境，胜似天堂。左拥右抱这满怀的春色，花香盈袖的富足，眼前的乡村小路，自是通往了罗马一般脚下生风。

　　穿过这一片果园，顺着弯弯的田埂，来到野外。脚下的路，窄窄的，路面坑坑洼洼，穿着布鞋的脚踏在上面，却是那么踏实和稳妥。没有水泥路面的坚硬和呆板，没有柏油马路的千篇一律和绵延万里，心里感觉却像是小时候那般的温馨。幼年时，母亲牵我小小的手，走过田埂的镜头一一回放，泪就盈满了双眼。记得那时田里葱绿的韭，翠翠的小葱，油油的青菜，一畦一垄的深葱浅绿，都比不上母亲那温和的笑容，让我记忆犹新。被母亲牵着手的我，总是那么调皮，不是去追逐飞舞的蜻蜓，就是揪一棵狗尾草，将嫩嫩的茎含在嘴巴里，一股清清淡淡的青草气息，就弥漫在口腔里。

母亲总是嗔怪一句，却又充满爱意地随着我野丫头、疯丫头的性子，快乐着我的快乐。有了母亲的纵容，我就更加无法无天。瞅瞅田埂一侧开得正旺的野花，嘿嘿笑着摘一朵最艳的花，偷偷别在母亲耳后的头发里，然后一边蹦跳一边大叫：快来看啊，头上戴花，成新娘子喽！于是，一路的欢声笑语伴我们走回那个贫穷却温馨的家。

一条乡间小路走了无数次，我却总也走不厌。每次走，每次都有新的发现和惊喜。先是茅草细细尖尖的芽钻出地面，传递春天的第一缕气息；接着是无数的野草开始蠢蠢欲动，仿佛一夜之间，整个田野就变成了绿色的海洋。弯弯的、窄窄的田间小路，犹如一条飘带，幼小的我，就在上面飘来飘去，捉蚂蚱，嗅野花，就是这些简简单单的快乐，丰盈和充实了我的童年。就在不经意地一瞥间，乡野开满了各色的野花：金灿灿的蒲公英噘着可爱的嘴巴，等你送它的孩子去畅游天地；洁白素雅的荠菜也不甘寂寞，挺立娇小的花茎绽放小小的幽香，朴素雅致；还有那泼辣的油菜花，肆无忌惮地泼洒生命的金黄和旺盛，那蓬勃的景象让乡村小路也变得生动和活泼起来。

夏雨滂沱的日子，赤足走在田埂上，那是乡村孩子最爱玩的游戏了。踩着滑滑的泥巴，一不小心就会摔倒。记得那时的我和小伙伴，故意你推我搡，摔倒在软软的泥里，还哈哈大笑，童年的欢乐总是令人难忘，只可惜现在物质生活富裕的孩子，再也难以体验这种难得的快乐和酣畅了。

当然，冬日的田间小路也别有一番风味。这个季节的土路，变得硬邦邦，周围的田野，萧索地卧在那里，静默不语。凄凄寒风拂过，地面的几茎枯草摇晃着。我知道，那冰冻的泥土中，藏着一个关于春天的童话。只是，此刻，它睡着了。等到来年，乡间小路依然草青青、花艳艳，孩子们追逐打闹的声音会响彻山野小村。

走在时间的深情里，人们的脚步或稳健，或蹒跚，或趔趄，无论哪一种步伐都是生活最本真的体验和诠释。安稳静好的日子，时间的钟摆不徐不疾，悠然自得地漫步着一圈又一圈，留下闲适和美好。慌乱孤苦的日子，时间也变得难挨，就连一秒钟也那么漫长。等到快乐和幸福携手齐来，时间又变成

生了翅膀的小鸟，呼扇着翅膀飞入天际，令人不由得感慨时间流逝，快如飞箭。上面种种时间的际遇，其实不过是人们主观的不同感觉而已，境由心生，身不由己呀！

春暖花开的时候，心情也格外美丽，如鲜美芳草，如缤纷落花，藏在嫩嫩的花苞里，躲在鹅黄的花蕊中，顺着清脆悠扬的柳笛，一路挥毫时间无涯情深深的印痕。于是，身居闹市、被工作烦扰的我，爱上了这一周一次回归山野的日子。就像飞倦的小鸟渴盼归巢，就像漂泊的游子回到故乡，这弯弯的、窄窄的乡间小路，有蛙鸣悠扬，有金蝉啼唱，远处炊烟也袅袅随风飘散。噼啪噼啪的足印，带我回到难忘又快乐的童年时光。

走在乡间小路上，我成了最富足和最幸福的那个人：简简单单，安安静静，优雅静美。真的，生活本该如此无欲无求，人，简单快乐就好！遵从心灵的声音，走在田间小路上，我找回了迷失的自己。

与狮共舞

沈岳明

杰里·弗是美国著名的生物学家,在取得生物学博士学位后,他便一直与濒临灭绝的美洲狮打交道。为了寻找美洲狮的足迹,拍摄到野生美洲狮的镜头,了解它们的生活习性,他放弃了优越的城市生活而投身野外。杰里·弗的全部家当就是一台老式越野车、一台摄像机和一架帐篷,以及其他一些零碎的日常用品。

美洲狮是南美洲委内瑞拉大草原上最大的猫科动物,一头成年雄狮重达300千克,一头母狮的体重也有200多千克。它们最喜欢捕食的猎物是野牛,捕捉一头野牛与捕捉一只鬣狗需要花费的精力与体力差不多,一只鬣狗重20千克,还不够一头狮子吃一顿,而一头野牛却有600千克,足以让两头成年狮子和它们的两个孩子吃上两天,因为狮子的胃口大,所以它们喜欢体壮肉厚的野牛。只要循着野牛的足迹,就一定能够找到狮子。

循着野牛的足迹,杰里·弗在委内瑞拉草原上找到了一对美洲狮,这让杰里·弗兴奋不已。显然,这是一对美洲狮夫妻,杰里·弗给雄狮取名为莱得,给雌狮取名为莫丽,杰里·弗的帐篷就搭在它们附近,起初,美洲狮夫妻对杰里·弗的到来很是警惕。好在杰里·弗对美洲狮的习性有着深刻的了解,他总是与莱得夫妻保持着一定的距离,然后不慌不忙地扛着摄影机,拍摄他所需要的镜头。它们见杰里·弗没有恶意,对他也不再时时保持警惕。通过一段时间的相处,杰里·弗已与莱得夫妻建立了良好的友谊。

不久,莫丽产下了两只小狮。杰里·弗很想进到它们的洞穴深处,将小美洲狮的生活动态拍摄下来,可是,杰里·弗深深知道,那样做是很危险的。

因为哺乳期的美洲狮极易动怒，一旦野性发作，杰里·弗就难逃狮口。于是，杰里·弗只好等到两只小狮稍微长大一点时，再想办法进到洞穴拍摄它们的生活镜头。因为随着小美洲狮的胃口增大，雄狮莱得捕获的猎物已不够它们吃饱肚子，莫丽便不得不离开洞穴与莱得一起捕猎。当莱得夫妻外出捕猎时，杰里·弗便悄悄地钻进了它们的洞穴，虽然两只小狮子很可爱了，以至于杰里·弗都舍不得离开，但他知道，他的时间不多，于是，只好匆匆拍摄了几个镜头后就走出洞穴。

突然，杰里·弗发现一只陌生的雄美洲狮闯进了杰里·弗与莱得夫妻的生活圈。凭着对美洲狮生活习性的了解，杰里·弗知道，这只陌生的雄美洲狮来者不善。因为狮群里是从来不留成年雄狮的，雄狮成年后就会被自己的狮群逐出家门，雄狮只好另找地方去建立自己的王国。这只闯入莱得夫妻领地的美洲雄狮的用意是很明显的，它想打败莱得，咬死莱得夫妻的两个儿子然后占有莫丽，让莫丽为它生儿育女，建立属于它的王国。

可是，莱得夫妻已外出捕食，洞穴里的两只小美洲狮的处境很危险！杰里·弗为那两只可爱的小狮子捏了一把汗，现在保全两只小狮子的办法只有一个，那就是尽快将它们转移。杰里·弗飞快地钻进洞穴，由于已满月的小美洲狮太重了，同时抱两只显然不太可能，于是杰里·弗抱起一只小美洲狮就往自己的帐篷里跑，接着又回来抱第二只。然后杰里·弗站在帐篷前，不慌不忙地端起摄影机对准那只陌生的美洲狮。杰里·弗知道，美洲狮一般是不会随便攻击人居住的帐篷的，所以便放心地端着摄影机，将镜头远远地对准了洞穴。

入侵者果然带着凌厉的气势闯进了洞穴，它咆哮着在洞里转着圈，当然，它根本就找不到小美洲狮的藏身之所。就在它冲出洞穴的时候，莱得夫妻捕食归来了，莫丽首先想到的是自己的两个孩子，它发疯似的向入侵者发起了进攻。经过一阵激烈的搏斗，莱得夫妻击退了入侵者。可是，没有找到孩子的莫丽还是躁动不安地在洞内洞外转着圈。杰里·弗知道，是时候归还它们的孩子了，于是不慌不忙地从帐篷里将两只小美洲狮抱了出来。在

看到两只小美洲狮的那一瞬间，莫丽的双眼一亮，然后猛地向帐篷冲了过去，就连长时间与美洲狮打交道的杰里·弗都吓出了一身冷汗，他以为莫丽误会他会伤害它的孩子，因为在哺乳期的美洲狮的性情极不稳定，随时有可能攻击一切它认为对它的孩子不利的动物，包括人。然而，莫丽并没有攻击杰里·弗，它只是张开大口，叼起它的孩子就往洞穴里跑……

从这件事之后，杰里·弗便完全取得了莱得夫妻的信任，当它们再次外出捕猎时，它们便会将两个孩子叼到杰里·弗的帐篷前，让他帮它们照管孩子。这让杰里·弗感到异常惊喜，他也知道，哪怕是像美洲狮这样凶猛的动物，也是能够与人类和平共处的，只是它和人类之间必须建立一种信任，这种信任需要的是一颗善心。杰里·弗非常乐意帮助莱得夫妻照看孩子，杰里·弗在后来接受媒体记者采访时，笑着称自己成了美洲狮的保姆。

野外的生活危险重重，但因了那份对野生动物的热爱，杰里·弗依然坚持着自己的工作。有一次，杰里·弗在对鬣狗追踪拍摄时，遭到了一群鬣狗的突然攻击，杰里·弗端摄影机的左手差点被鬣狗咬断。因为鬣狗是野生动物中的投机分子，它们仗着数量多，身体小而灵活，常常在狮子的口中抢夺食物。就在杰里·弗预感到自己的生命即将结束的时候，莱得和它的妻子莫丽赶到了，杰里·弗得救了，可冲在前面的莫丽却被鬣狗咬去了一只耳朵。

此后杰里·弗只要一看到莫丽那只缺失的耳朵，心里便会涌起阵阵感动。

被幸福注册过的苦难

包利民

苦难如生命中的盐，而不完整的心就像伤口，疼痛如针攒刺。疼痛后将心复原，便会于苦难中品咂出幸福，或者于伤痛中生长出希望，开出最美的花朵。

其实更多的时候，我们自认为的苦难，实在是微不足道，是我们初涉世的心把它无限放大。有一段时间，自我感觉一直不顺，失落中落寞，便每日里窝在租住的小屋里，仿佛可以躲得过那些白眼冷遇。一个冬天的午后，去邻家闲坐，同样是城市边缘的古老平房，只是那一炉红红的火让我心生温暖，感到亲切无比。两位老人脸上的笑容也如风展水，有一种浸润心灵的感染力。一直以来，都是他们老两口生活，虽然没有子女在身边，却没有丝毫的冷清。这个小小的院落里，有的只是祥和宁静，仿若东风常在，春暖花开。

大娘拿出几本陈旧的影集，翻开来，有古老的黑白照片，也有一些早年间的那种彩照。于是，我便随着大爷大娘的讲述，去认识他们的儿子，从儿时的虎头虎脑，到少年时的清秀腼腆，还有青年时的稳重成熟。望着每一张照片，大娘都会讲出一段故事，而大爷在一旁微笑，偶尔插嘴补充几句。于是沉浸在他们的回忆里，想起自己当年的种种，幸福无边蔓延。随着他们儿子年龄越大，照片就越少，想来那个孩子上大学后便离家，照相次数少了。午后的阳光从窗子洒进来，竟然没有冬天的感觉。合上相册，仍是感动漫涌，两位老人的眼中全是幸福与怀念。

从邻家出来，北风依然猛劲，却似乎有着一种清凉的舒适感，而不是冰冷刺骨。我便趁着兴致信步向市里走去，路过一所中学时，正赶上放学时间,许多学生从校门里走出。我便停下脚步,过了一会儿,果然又看见了那对母女。十四五岁的女孩坐在轮椅上,身后是一脸微笑的母亲。以前上下班时来去匆匆,我也常看到她们,那时心里也就有着些许同情。而此时细看,发现那轮椅竟是用自行车改装而成,女孩的腿上盖着一条厚厚的棉被。母女两个脸上都荡漾着笑意,时而说几句什么,都是愉悦的神情。看着这一幕,刚刚有些平复下来的心,又一次濡湿。我想到,她们的生活一定是艰难的,可是却是如此快乐,就像现在零下近三十摄氏度的严寒,也不能冻结她们脸上的笑容。

见她们和我回去的方向一致,我便走上前去搭话,小女孩很爱说笑,只一小会儿工夫,便已经和我熟悉起来。母亲只是笑望着我们,听着女儿讲班上的一些趣事。终于,我问那个母亲,女儿现在这个样子,是不是各方面都很艰难。母亲却说:"现在不艰难了,你看,我们都很开心,每天都是这样。孩子懂事,学习也好,别看她有残疾,自理能力却很强,夏天的时候,都是她自己上学放学呢!冬天雪大路滑,我才接送。最难的时候,就是她刚出事的时候,那个时候她很想不开。"母亲的眼中闪过一丝心疼,然后重又蓄满笑意,是啊,不管怎样艰难的日子,总会走过去,而走过去,望见的就是蓝天碧草。

忽然想起一个中学同学,那时我和她是同桌,有一次,她竟然有半个多月没来上学。后来才得知,她在家里和父母吵了一架,离家出走了。家里人遍寻不到她,甚至报了警,却也一时难以找到踪迹。最后还是她自己回来的,回来后,就乖巧了许多,懂事了许多。那时我曾一直追问她那个十多天的经历,她只说吃了很多苦,便什么也不再讲。我就想,那一段日子,在她心底应该是难以磨灭的苦难。再后来我们上了不同的高中,读了不同的大学,和她的联系由少趋无,终无消息。

多年后的一天,我回老家的城市,竟在人潮拥挤的街上遇见了她。虽然已人近中年,可我还是一眼认出了她。我叫住她,看着她的眼神由讶然到欣然,便知往事已在她心底复苏。就在熙攘的街头,我们匆匆说了一些话,二

十年的光阴，仿佛只是刹那，往事如昨，近得触手可摸。临别时，我依然不忘问了一句："当年你离家出走十多天，那些日子是不是很难?"她眼神飘忽了一下，然后笑着说："苦是很苦，却是我最幸福的一段时间。因为，那十多天里，我知道爸妈在想念我，为我着急，我也知道了她们一直是关心我爱我的，所以，我感谢那十几天的苦难，让我能体会到一直被忽略着的幸福!"

当我从坎坷的时光中走出，回望曾经的种种，都有着一种幸福感。有人说，这样的时刻，我们之所以会感到幸福，是因为我们已经超越了苦难而回头去欣赏苦难。可我却认为，那幸福是一直就存在着的，只是我们深藏于苦难之中，无暇去顾及。就如我们只看到乌云满天，黯淡了心境，却忘记乌云上面太阳依然照耀，从不曾离弃。

于是每有挫折来临，我都会想起曾温暖我的许多人事，便觉得一切苦难都会于希望中生辉。永远记得那个冬日的午后，在邻家，当我合上相册，问起那两位老人的儿子如今在何方，大娘告诉我，儿子大学毕业那一年，就出车祸去世了。而他们也只是伤心痛苦了一段时间，便恢复过来，日子依然在平淡中幸福。她说："我们俩常常拿出儿子以前的所有照片看，讲着儿子从小到大的许多事，这样讲着，就像我们又重活了一遍，把儿子从小养大!"

而那时，当了一辈子教师的大爷在旁边插了几句话，却是深深地刻在我心里，他说："儿子是希望我们好好活着的，所以我们每天都很开心，我想，儿子能看到我们的生活，我们也能想着他在世时的所有好与坏，这就是很好的生活。他不在了，却还在我们心里，所以这不是痛苦，这就是幸福!"

一直守候的老人

张军霞

　　朱迪·克雷格是一位房产开发商，他看中了休斯敦郊外的一个小村庄，想要把它开发成旅游度假区，这里只是一个居住着十几户人家的小村庄，当别的村民都答应搬迁之后，只有一个名叫梅洛莉的独居老人固执地表示，不管克雷格给多少钱，她都绝不会搬走。

　　村民们无奈地对克雷格说："梅洛莉，她可是'下午 5 点钟的灰姑娘'，恐怕就连上帝也说服不了她！"原来，梅洛莉从小就喜欢画画，多年前曾遇到一位前来采风的画家，两人很快就开始热恋，几乎到了谈婚论嫁的程度。忽然有一天，画家说要回城一趟，让梅洛莉下午 5 点在村外的小溪边等他。

　　不料，画家一去再无消息，有人说他可能遭遇了不测，也有人干脆认为他是个骗子，梅洛莉对一切议论都充耳不闻，她坚持画画，每天下午 5 点，就到小溪边去等待。因为她总喜欢穿灰色的衣服，时间久了，人们只要一看到梅洛莉，就称她为"下午 5 点钟的灰姑娘"。当然，她等了这么多年，画家再没有回来，在渐渐老去的年华里，她变得性格孤僻，不和别人来往，教几个孩子学画，成了她唯一的经济来源。

　　克雷格多次登门拜访，都被梅洛莉拒之门外，他只好让工人们先从别的地方动手拆迁，不久，整个村子只剩下梅洛莉家的房子了。这时，克雷格忽然有了一个好主意，他开始招聘新工人，但有个奇怪的条件，如果谁的孩子喜欢画画，不妨送到梅洛莉家去，他不仅报销学费，还会每月都发放一笔额外的补助。

　　很快，就有 20 多个孩子被送到梅洛莉家，一向寂寞的老房子，忽然变得

热闹起来。过了几个月，克雷格又去拜访梅洛莉，他再也不提房子的事情，只是请求借用梅洛莉那些乡村风景画，说是要办一个画展，这也是为了宣传度假区的风景。

提到画画，梅洛莉终于不再冷若冰霜，她高高兴兴地选了一批画作。克雷格把这些画拿到休斯敦，又专门请来媒体记者进行报道，很快就有不少人来参观画展，他们被梅洛莉细腻淳朴的画风所打动，纷纷要求订购这些画。

画展的成功，让梅洛莉名气大增，很快就有更多的家长，把他们的孩子送来了，梅洛莉收到的学费也越来越多。让她苦恼的是，家里的房子原本就很小，这下变得更加拥挤，根本无法应付还在不断增多的学生。

一天下午 5 点，梅洛莉照例走在去小溪的路上，她忽然发现，不知什么时候，自己家的房子，被一种特殊的屏障形成了一个隔离区。远处，机器轰鸣，度假区的工程正进行得如火如荼。梅洛莉从一个路过的工人口中得知，克雷格早就吩咐过，在她家附近施工时，一定要特别小心，不能打扰她教孩子们画画。她还听说，克雷格已经修改了度假区的设计图，完全绕过了她家的房子，虽然这样做又让他增加了一笔巨额的投资。

梅洛莉终于被感动了，她主动找到克雷格，说自己现在已经有足够的钱，完全可以把家搬到一个更宽敞的地方去。克雷格却摇了摇头说："刚开始，我的确迫切希望您能搬走，甚至想到让您的学生越来越多，最后不得不换房子这样的办法。但是，我最终感觉，您有权利住在自己的房子里，至少，您还可以天天去小溪边，回味美好的初恋……"

这么多年了，对于自己每天下午 5 点的等待，别人都给予嘲笑，除了克雷格。梅洛莉流着眼泪，默默走了回去。她继续生活在自己的老房子里，一直到 81 岁那年去世。

克雷格赶来参加葬礼，他惊讶地从律师口中得知，梅洛莉在遗嘱中，把自己的老房子留给了他……

手捧梅洛莉留下的钥匙，克雷格忍不住泪流满面。当年，他之所以决定留下梅洛莉家的房子，是因为在筹办画展时，想添加几幅父亲留下的画作，却在收拾东西时,无意中看到一个发黄的日记本:原来,父亲年轻时曾喜欢过一个女孩。可是,听说儿子要娶一个乡村姑娘,经商的祖父勃然大怒,先是强行把他锁在家里,后来又千方百计把他送到法国留学。因为这件事,父亲一直漂泊在异国他乡,虽然娶妻生子,却至死都不肯再回来。而他,正是梅洛莉当年热恋的那个人……

猎豹兄弟连

吕 麦

　　猎豹以优美的身形、闪电的速度、凶猛的扑咬，彰显着强者的形象。其实，大部分人并不知道，它们也有无助、脆弱，甚至可怜的一面，时时经受着生存的考验和死亡的威胁。

　　在博格瓦纳的利尼扬蒂大草原上，生活着一个由三只雄性猎豹组成的"兄弟连"。长兄阿基利斯个性独立，勇猛强悍，是个天生的领导者和优秀的捕猎高手，弟弟奥丁和施瓦却总像个永远长不大，只听妈妈话的温顺孩子。但即便如此，迥异的性格，并不影响它们成为利尼扬蒂草原最成功的"兄弟连"。

　　三兄弟的领地隔壁，盘踞着表哥阿贾克斯，经常对它们的食物和地盘"豹"视眈眈。但彪悍的阿基利斯，绝不允许它越进自家领地一步，阿贾克斯也一直墨守成规。然而，即将发生的悲剧，彻底改变了一切。

　　这天，阿基利斯在领地边界巡逻时，闻到了一只雌豹留下的气味。交配的本能驱使它循着气味追寻"伊人芳踪"。可当它走进灌木丛时，遭遇了一条毒蛇，扑斗中，不幸中招，毒液很快渗入它的血液。它孤独而无助地睁大一双豹眼，默默死去。而留守家园的奥丁和施瓦，对这场灾难全然不知。

　　阿基利斯没有回来，奥丁和施瓦已经三天没有进食了。它们两个从来没有单独捕过猎物，只能眼巴巴地等待，像一对被遗弃的孤儿般无依无靠，身边稍有风吹草动，就茫然地惊慌四顾。

　　又是一天一夜过去了，猎豹兄弟饿得奄奄一息。昏昏沉沉中，它们意识到，兄长可能回不来了，它们从此再也没有依靠和依赖，必须"自食其力"了。

于是，它们开始尝试捕猎。

所幸，经过一番漏洞百出的攻击和全速奔跑后，奥丁捉住了一只小疣猪，独自大快朵颐起来。施瓦默默接受了"胜者为王"的规则，在一旁饥肠辘辘地等待残羹剩饭。

翌日，有了一些捕猎经验的兄弟俩，成功杀死了一只大黑斑羚。可兄弟俩还没来得及饕餮，黑背胡狼发出的"报讯"声，便招来了臭名昭著的掠食大王——鬣狗。

鬣狗不费吹灰之力占有了兄弟俩花了九牛二虎之力得来的食物。凶猛的猎豹，怎么会对胡狼、鬣狗退避三舍呢？因为猎豹在全速奔跑捕猎后，剩余的体力再也无力进行任何抵挡和反抗。否则，连同它们自身也会成为鬣狗、胡狼的战利品了。以前，阿利基斯在时，它们多一分力量，可以轮流进攻、轮流喘息、轮流赶走掠食者，保住自己和食物。可眼下兄弟俩经验不足，势单力薄，只能落荒而逃。

猎豹领地必须定期留下自己的气味，提醒入侵者闯入了别人的地盘。但毫无经验的兄弟俩却忽略了这一点。因此，当它们怏怏地回到领地时，隔壁的阿贾克斯表哥已乘虚而入。阿贾克斯有几分做贼心虚地行走在它们的领地上，兄弟俩闻到了陌生的气味，一边警惕地巡逻，喷洒尿液做着气味的标记，一边寻找陌生气味的来源。终于，它们拦住了表哥阿贾克斯。

猎豹之间虽然很少相互搏斗，但也会偶尔发生致命的攻击事件。然而，此时三只雄猎豹的地盘之争，却令人匪夷所思地像一场友谊热身赛，谁胜谁负并不明朗，更没有谁受伤，表哥仍然安然无恙地置身于表弟的地界上，而不受驱逐，大摇大摆地自由来去。

这次事件之后的每个黎明时分，奥丁、施瓦都加强了边界的巡逻。但不管它们走到哪里，都能闻到表哥的气味。但它们毫无作为，似乎已默默接受了"入侵者"的存在。

一天，正当两兄弟进食时，阿贾克斯突然走近它们……在猎豹的游戏规则里，这是公然的挑衅。但令人震惊的是，兄弟俩不仅不动怒，还和表哥一

同分享了食物。这种行为的表现，不仅仅是容忍，更是接受。果然，在以后的日子里，阿贾克斯逐渐融入了奥丁和施瓦的兄弟连。

因为它的加入，三只猎豹又像以前阿基利斯活着的时候一样，在大草原上奔跑逐鹿，捕猎食物百发百中，胡狼和鬣狗再也不能轻易夺走它们的战利品。很快，它们再次成为利尼扬蒂大草原上一股强大的捕食力量。

没有永远的敌人，只有永远相互依靠的生存。或许，今天的对手，为了生存而相互争斗、厮杀。但也许明天，两方就会携手共进，结为联盟。这，就是聪明的生存之道。

第四辑

寻找好人

　　那天走在回家路上的郝仁热泪满面，一边走一边对大家说，郝仁还活着，好人都活着，你不用找他，他就在你身边，好人是不怕委屈的。

我向一把椅子致敬

侯拥华

我上大二那年,家里陷入了前所未有的困顿境地。先是母亲重病,住进了医院,后是父亲的生意在一笔买卖中赔得精光。我之前的公子哥生活,至此,面临着结束的窘地。父亲打电话来,告诉我家里仅有的一笔为数不多的钱,为母亲治病用完了,生活费能不能自己想办法解决?电话那端的我,一下子就陷入悲伤与恐慌之中。

果然,一个月后,父亲终止了每个月固定给我邮寄的生活费,我无奈地开始了经济自立的生活。很快,我在校外找到了两份兼职,每天大约4小时的短工,还利用周末的时间去做家教,但生活仍然捉襟见肘,入不敷出。后来,我开始向同学借钱做生意,可几桩生意都赔得血本无归。

当我对自立生活完全丧失信心的时候,我打电话向父亲求助,希望继续得到父亲经济上的资助,可父亲果断地拒绝了我,他说,家里早已负债累累,家里还曾想让你为家里想些办法呢。这样的结果令我极为沮丧,在结束通话前,我向父亲提起了那把放在书房当摆设的"老古董"——一把做工精致的古代雕花太师椅。

那是个岁月久远的老古董,具体的什么年代的东西,我不清楚,只知道,至今,它仍然摆放在父亲的书房里,几次搬家,都没有被扔掉。朱红色的油漆,已经黯然,斑驳,椅子的两个扶手也早已被打磨得锃亮,然而,从脱落油漆的地方,还是可以看到木料原本坚韧的质地。

据说,那不是一把真正用檀香木制作的古代家具,而是用极普通的桃木

制作而成的，只因是先辈传下来的物件儿，所以一直被父亲视为珍宝而珍藏着。然而，它和那些现代家具摆放在一起，实在是显得有些扎眼，曾经一度是我和母亲提议处理掉的对象。母亲说，一把旧椅子，和这些现代家具放在一起，显得不伦不类，又没多大用途，就卖了它吧。我也随声附和，说如果有古董商给了好的价钱，就卖了，也好让它在别处有个属于自己的居所，真正实现它自身的价值。如果就这样放在我们家，那么，早晚是要被用坏的。而父亲从不理会我和母亲。

我在电话里再次给父亲提议，把它卖了，以解燃眉之急。因为之前，我听母亲说，曾有个收购旧家具的古董商跑上门来，在父亲面前伸开两个巴掌，十个手指，问父亲卖不卖。

我的话，引起了父亲的不安。先是一阵沉默，之后，我听到父亲淡淡地说，你别怕，我来看你。然后就挂了电话。

两天后，父亲风尘仆仆地出现在我面前。看着一脸憔悴的父亲，我泣不成声。

那天，我向父亲倾诉了我的种种不如意，希望父亲能接受我的提议。父亲听了，没有拒绝我，而是给我讲起了古代家具制作流程的知识来。他说，你知道，为什么古代的家具会比现代的家具坚固耐用吗？那是因为它有自己独特的制作流程。

父亲告诉我，制作一件上好的家具，首先要选好料，那些上等的檀香木、红松木自然在首选之列，如果没有这些木料，寻常百姓就会选用红心的桃木。但更为重要的不是这些，而是在第二阶段，经过第二阶段的处理，即便是那些房前屋后的寻常木头，也能做出一件坚固耐用的家具来。

那第二阶段，全部的奥秘全在于如何焙木：先是水焙，就是把木料捆绑牢固，抛在水井里浸泡，浸透后捞出来再晾干；后是火焙，就是把木料捆绑好，放在泥炕上用暗火烘熏，直至里外熏干熏透。经过这样一个月左右的处理，做家具用的木料，虽外表仍旧，可内在的性情早已大变。用这样的木料制作出来的家具，就会非同寻常。

父亲的话让我大惑不解，这样做，究竟有什么特别用处吗？

父亲笑了笑，向我解释说，经过了水火洗礼的木料，"内劲"已经在浸泡和熏烘中用完，所以做成的家具就不会因为潮湿而膨胀或环境干燥而干裂，再经过层层刷漆，自然坚固耐用了。

父亲的话语让我极为震惊和羞愧。我低下头，向父亲认错，也向那把太师椅深深致敬。原来，那把椅子，是先辈传给父亲的"精神财富"。

父亲走后，我又开始了自己的打拼生活，虽然仍旧波折不断，但我明白，只有经历了这样的生活，我才可以把自己制作成一件真正出色的"家具"。

有没有爱温暖过你卑微的心灵

王国民

从小，他就恨父亲。虽然，他是他的儿子，可儿子又算什么？他在外打工多年，却很少关心父亲，也从没回老家来看看，他甚至都不记得父亲长什么模样。

他只记得五岁那年，母亲和父亲大吵了一架，然后离家出走，却不想遇到了车祸，自那以后，他拒绝再在别人面前提及父亲的名字，他逢人就说，他的父亲已死，就在母亲离开人世的那个晚上。消息传到他父亲那边，父亲勃然大怒，托消息过来，骂他是逆子，然后断了他的生活费。

他不气，也不恼，他对相依为命的奶奶说，我会靠打工来养活自己。

他做过很多事，捡过垃圾，卖过报纸，到工地上搬过砖，就这样，他一步步把自己送进了大学。入校那天，当老师看着他长满厚茧的手，所有的人都不禁为之动容。他却笑着说，那是一个男子汉应该做的。

但他心里还是有隐痛的，只因他是个没人疼的孩子。所以，当室友的父母每次来寝室时，他总躲得远远的，他只好每次对自己说，要忍住，要坚强，没有过不去的坎。

但父亲还是来找他了，因为，他是他唯一的亲人。也就是那个时候他才知道，父亲成了公务员，还做了一名部门领导，但他一直没再娶，虽然，有很多女人都愿意跟他。

跟我走吧，父亲说，现在我什么都有了，只差一个儿子。

他别过头去，我没有父亲，我父亲早死了。

之后，父亲总会在每个月月末来找他，他也不躲，他说，他就听，只是他拒绝父亲所有的帮助,他说,我是个男人,我可以靠自己。

四年大学,他靠自己的努力,硬是挺过来了。毕业那年,他参军了。可是父亲出了事,因为经济问题。当警察来找他时,他一股脑地把知道的和隐约知道的,全都抖了出来,父亲也因此入狱,获刑三年。

原本以为,把父亲送进监狱,他至少可以好受点,但全然不是那样,难道真是人们所说的,血脉相连,茎断了还连着根?

他没去看父亲,因为不敢,他总觉得自己是无情无义的,他即使再不爱他,也还是生他的父亲。

一次偶然的机会,他迷上了音乐,成为文工团的一名歌手。他报名参加了全国青年歌手大赛,从初赛到复赛,他一步步走了过来,可是他还是遇到了阻碍,评委说,你的歌声里,总是充满了内疚和恨,让人感觉不到爱和温暖,如果你迈不过亲情这道坎,你可能会止步于十强之外。

他想他们说得不错,他是无法去面对父亲,以前是恨,而现在是愧疚。

无聊,上网,在一个叫忏悔人的博客里,他突然看到了自己儿时的照片,是父亲的博客,那个因为妻子离世而深责不已的男人,上面记录着他思念妻子和儿子的点点滴滴。长这么大,他第一次哭了,原来,不论自己身在何处,父亲爱的视线从来没有离开过自己。

他终于决定去见父亲,去请求他的原谅,他的宽恕。

电话是监狱打来的,说他的父亲在医院,很严重。他在电话里很激动,声音都变调了。

他很快赶到了医院。见了父亲,他埋头就哭。只因,他是他的父亲。

他一直陪着他,照顾他,还好,是个良性肿瘤。他送他去监狱,彼此依依不舍,他说,后天,就是总决赛,我希望你能来。

决赛很快来临,还有一分钟,就轮到他登台演出,可是环顾四方,都没有看到父亲的影子。他感到了焦急。

轮到他上台了,可是他一直都没唱,掌声再次响起来的时候,他分明看见,在角落里,一个带着锃亮手铐的男人在向他卖力地挥手。他的眼泪掉了

下来。他唱了一首关于父亲的歌，是他自己写的，歌声中，那些关于父亲的回忆就像蒙太奇一样，浮过他的眼前。

他的心里本来有一座冰山，此时，却全部被爱和温暖融化。

当他获得冠军的声音传出来时，他看见，那个头发花白的男人，正激动地和周边的人说，台上那个，就是我的儿子。

他把父亲请了上来，他拿着话筒，大声喊爸。

他愣住了，继而说，你是叫爸爸了吗？你终于肯认我这个父亲了吗？你不恨我了，不埋怨我让你受了那么多年苦，不嫌弃我是坐了牢的人？

他点头，又拼命摇头。继而是拥抱，热烈的拥抱。

一直以来，他都认为父亲是不肯原谅自己的，却从来不曾想过，他从来都没埋怨过子女，他的爱仍在，亲情仍在，就算暂时隐没在角落里，只要有足够的温暖，就能将他身边的每一个亲人，温柔地环住。

那些写满梦想的琴弦

王 英

从进门的那一刻起,我就一直留意她们。那是一对母女,都穿着相同颜色的连衣裙,颈上都挂着相同的吊坠。年轻的女人,头上戴着一顶蓝色的帽子。而小女孩,牵着母亲的手,在前面蹦蹦跳跳,眼睛左顾右盼,看得出,这是一个聪明活泼的孩子。

但奇怪的是,女孩的左手总是插在口袋里,一动也不动。女人边走边说,小心点,小心点,别撞到了。女人的脸上,始终是一副笑意盈盈的表情。

女孩走到一把吉他旁停了下来,女人的眼也亮了起来,她指着吉他说:"这是我最喜欢的乐器了。我和你爸爸的认识,就缘于它。"女人小心地触摸着琴弦,她的眼里散射出无限柔情。

"那一定是爸爸追你吧。妈妈,快给我讲爸爸追你的故事。"女孩兴奋地嚷。

在这个人来人往,吵闹喧哗的音响店,女人居然给女孩讲起了往事,但很奇怪的是,谁都没有去打断她,所有的吵闹也在数分钟后停止。

怕她站着累,服务员还专门给她搬来凳子。

女人走动的时候,大家才发现,她的腿有点瘸。

听服务员说,女人是这个店的常客,在这里买乐器的基本上都认识她。女人是从北川搬过来的,以前是一家培训机构的音乐老师。

女人说到动情处,女孩就不停地笑。大家都跟着笑,轻松而愉悦的笑声顷刻撒满了房间。

直到说累了,女人才站起来,发现那么多双眼睛都在关注着,女人的脸

一下红了。

　　女人将女孩抱到了钢琴的凳子上，我听见女人说，好好弹，用心弹。然后就在旁边的凳子上坐下来。女人摸了摸脖子上的吊坠，然后朝女孩点点头，女孩这才伸出一直插在口袋里的左手，我分明看见，她的左手少了两个指头。

　　女孩把左手放到了琴键上，一串流畅的音乐便如行云流水般淌了出来。女孩试图将音域拉得更宽一点，她的整个身体都左右摇摆起来，但是她失败了。她每失败一次，就把头扭过来，女人朝她点下头，女孩也点点头，信心满满地转过去。

　　我终于忍不住了，坐在她旁边，我说："你是音乐老师，为什么不过去亲自教她呢？"

　　女人说："我得让孩子学着长大。"沉默了一会，她又说："等过几天，她就要参加一个省里的比赛。你也知道，那场该死的地震，让她少了两根手指，她一直都很灰心，认为自己将来再也不能弹琴了。直到前天，我才劝服她，现在我要做的，就是让她重拾信心，让她知道，即使少了两个手指，她也能和正常人一样地生活，甚至比以前活得更好。"

　　"那为什么不叫父亲来陪她呢？"

　　女人摸了摸吊坠，声音有点低沉："他就躺在这里面呢。"见我惊讶，女人告诉我，她的丈夫是名军人，在抗震救灾中英勇殉职。

　　我的心一紧，连忙说："那孩子知道吗？"

　　女人摇摇头，又朝孩子点点头，然后对我说："我不敢说，父亲一直是她的精神支柱，我怕她知道了，承受不了，我只能说，父亲去执行一项绝密任务了，要十年后才回来。"

　　"这她也信？"

　　"是的，她一直以她的父亲为骄傲，为了不穿帮，我每半个月都要让我的同事以她父亲的名义邮寄一封信。"

　　"可是孩子终有一天会知道的啊。"

　　"是的。"女人平静地说，"但那个时候她已经长大，她已经明白，痛苦其实是生活的一部分。可是你现在叫我怎么办？告诉她？将她刚刚愈合的翅膀又重新折断？她还只是一个孩子，一个六岁的孩子。"

　　女人看了看吊坠，继续说："今天她突然告诉我，她好想拿到第一名，我想，她又回到了从前。真好！"

　　女人又看了看孩子，然后站起来，说："今天的时间已到了，老板答应我们，每天让我们免费练习两个小时。"

　　女人招了招手，女孩一溜烟地跑过来。

　　我送他们出去，女孩突然挽着我的手说："叔叔，我一周后要参加全省钢琴比赛，你一定要祝福我哦。等我拿了第一名，我请你吃冰淇淋。"我鼓励她说，那当然。

　　还有什么可说的呢，眼前的这对母女已经彻底地恢复了自信和勇气，我只有远远地祝愿她们，衷心地祝福她们：从此不再受到任何的伤害，从此快乐健康地生活。

寻找好人

侯拥华

郝仁是个普通中年男人，黑且矮且胖，一脸麻子，眼睛还小，笑起来的样子很猥琐，怎么看都不像是一个好人，偏偏起了一个好人的名字。不认识的人来找他办事，大老远就在楼下喊他，郝仁郝仁。他听见了，一边回应一边下楼，一露面，先是龇牙咧嘴一笑，这一亮相，十之八九会把对方吓一跳——以为认错人了。等求证一番，才握手致歉，谈笑言欢。

郝仁四十多岁，下岗多年，在小区外面一个路口边摆了个修理铺，靠手艺养家糊口。修理铺的业务范围涉及自行车、电动车、摩托车修理，还兼顾配钥匙、修补衣服、修换拉链。所处的位置是繁华闹市，算是占道经营一类的。早期曾被城管追过几次，落荒而逃，名声远播。后来，城管摸清了他的情况后，就照顾他，对他摆摊睁一只眼闭一只眼，再后来发生了几件事，给他安排了一个有证的摊位。为什么给他安排，没给别人安排呢？因为他做了几件有影响的好人好事，连市长都惊动了，你说他的问题能不特殊照顾给解决吗？

一件事是发生在他摆摊的早期。那天夜晚收摊，一个孤身女人的包被人抢了，恰好被郝仁看见了。郝仁丢下手里的东西撒腿就追，跑了快二里地才把人追上。那抢包的小青年见追者如此执着，甩手丢下抢来的包，跑了。等再跑回摊位的时候，郝仁看见那丢包的主儿正守着自己的摊位哭哭啼啼，一下子就乐了，直接把女人送回了家。这件事传出来后，他的生意立马好了好几倍。有的人为修补一辆破车，推着走了几条街来找他。家里的拉链坏了，女人也都是找他来修或者换。当然，他的手艺好、价格公道也是重要一方面。

另一件事是发生在前几年的一个冬天。一个老人迷路了被他带回家，养了近半个月。老人得了老年痴呆症，说不清楚家庭地址，也说不清亲人的名字。没办法，郝仁只好把老人留在家里让无业在家的老婆照看，自己丢下生意出门去帮老人找亲人。找了几天，毫无进展。郝仁干脆把老人领到自己的摊位前，请人拍了一张照片，写清事情原委及具体地址，印成传单四处散发。后来还连文带图在当地晚报刊登了一则寻人广告。通过广而告之，大家都知道了城里有一个叫郝仁的好人，他收留了一位迷路的老人。登报后老人的儿子很快从乡下找过来，把老人接回了家。登报后第一天，郝仁的摊位就被人围得水泄不通。有人是找他做活，更多的人是来看看他这个人。为他，这条路一连堵了好几天，这下城管不干了，天天来清理摊位，围观的群众怒了，双方面红耳赤地吵了起来，关系很是紧张。为此有人纠集一帮人到市政府信访局上访。那天是张市长接访，张市长是市政府一把手，听了群众反映的问题，再看看报纸上登的寻人广告，很是激动，立刻给市城管局批示，特事特办，把摊位问题给解决了。就这样，郝仁的修理铺名正言顺地在繁华路段立住了脚。

好位置加好名声，郝仁的生意是越做越红火，天天忙得饭都吃不上。当然，郝仁做生意的同时不忘做好人好事。大家都说郝仁这名字起得不赖，虽然相貌丑些，但人确确实实是个好人。

后来，张市长调到别的市做市委书记，这个城市又来了一个李市长。李市长初来乍到自然要下来调研，很自然就发现了闹市里扎眼的修理铺。李市长问身边的秘书，这是怎么回事。秘书就一五一十给他说了。李市长脸一黑，生气地说，真是瞎胡闹，这是城市的脸面呀！一点都不讲究，何况还是违法乱纪的事，真是太不像话了，太没原则了。不久，郝仁的修理铺就被依法取缔了，郝仁只好把修理铺摆到小区里，再找郝仁就要颇费一通周折。老客户和那些慕名而来者就跑老远到小区里找他。

"郝仁在哪儿?"

"修理铺被取缔了,就找呗!"

可是不熟悉住址的找了一圈还是找不到,干脆就放弃不找了,去哪儿修理不是修理?

生意就慢慢冷清了,郝仁就有时间出去散步,做好人好事,弥补内心的空虚。

这天,郝仁一个人蹓达到市百货大楼门口,正好遇见一个老人被车撞倒。肇事车辆逃逸了,围观的群众围了一圈,竟然没有一个敢出手相救。郝仁拨开人群,叫了一辆的士,抱起老人就送医院里去了。不到一个小时,老人的儿子赶到医院,看着老人的样子就是一通吼叫:"你是怎么回事? 要人命呀。不拿十万块钱别走人!"郝仁给他解释,他不听,反问:"你没撞人,为什么要送我爸到医院?"

郝仁百口难辩,说我是郝仁,大家都认识我,我怎么会做坏事呢?

对方一声冷笑,说天下就没有比你更不要脸的,口口声声说自己是好人,谁信?

郝仁把鼻子都气歪了,拿出身份证给他。对方拿着身份证一看,扑哧一声笑了。你就起了一个好人的名字,你还以为你真是好人啊? 别说了,拿钱看病。身份证在我这儿,你想跑都跑不了。

郝仁气得快要哭了,说:"行,你真行,我回家取钱,你等着。然后转身走了。"

走在街上的时候,郝仁只想哭,现在的人都怎么啦? 见死不救不说,有好人相救还要诬赖人。街上有人认得他,冲他喊,郝仁,今天听说你又做了一件好事。什么事,说道说道。你不知道呀,现在好人难当,做了好人被倒打一耙的事情真是多了去。

那段时间,街上、报纸上、电视里、网络里全是这样的事情。郝仁知道。郝仁并不理睬。他看见街边有一个小男孩摔倒了,一个女孩子跑过来把他扶起来,这时候一个妇女过来就和女孩子吵起来了,好像是说女孩子把男孩子撞倒的。郝仁气急了,跑过去理论,遭到妇女一通臭骂。

从那一刻起,大家发现郝仁消失了。有警察领着一帮人到家里来找他,他不在,郝仁的老婆黑着脸说,我也在找他,谁知道他在哪里? 昨天夜里就没回家。警察说,监控拍得清清楚楚,今天来就是还他一个清白的,他真是一个好人。站在警察身后的男青年走到前面,点头哈腰,说了一通道歉的话。

不久,晚报上登出了寻找郝仁的启示。满城的人都在寻找郝仁。

"郝仁你在哪里?"的广告语写满了大街小巷。人们见面的问候语都变成了"你见郝仁了吗?"

第一个发现郝仁的是城市的清洁工。清晨,她在公园的木椅子上发现了一个奄奄一息的人,看样子很像报纸上要找的那个郝仁。她就对一脸倦容脏兮兮的他大喊:"你是郝仁吧,怎么在这儿? 全城的人都在找你呢,你怎么不回家呀?"

郝仁从木椅上爬起来,哭了。郝仁说:"我还是好人吗? 这世道上还需要好人吗?"

清洁工笑了:"需要,怎么不需要,离开好人我们还能活吗?"

中午的时候,郝仁在清洁工和众人的劝说下,洗净手脸换了身干净的衣服走向回家的路。那时候,大家都知道郝仁找到了,街道两边全是欢迎的人群。他一出现人们就欢呼起来,好人找到了,找到好人了。有的人还热泪盈眶。

那天晚上,躲在公园里的郝仁本来是想一死了之的,他太绝望了。最后想了想,还是决定放弃,他不想让这个世界再失去一个好人。而多一个好人,这个世界就会多一份光亮和温暖。

那天走在回家路上的郝仁热泪满面,一边走一边对大家说:"郝仁还活着,好人都活着,你不用找他,他就在你身边,好人是不怕委屈的。"

除夕夜

王国军

十年前，外公因破伤风去世，尊他遗愿，与他的父母一起葬在了村口的公墓里。每年清明和除夕我们都会去外公的墓前祭拜，以表达对先人的怀念之情。在我幼小的心里，感觉失去了外公，就失去了为人立世的靠山，犹如天塌地陷的丧亲之痛，离别之苦，在外工作的这几年，尤为清晰，我常怀念外公的恩德，感谢外公教会了我们怎样生活，教会了我们怎样做人。

今年我带着女友回到了阔别三年的家乡，不知为何，离家愈近，对外公的思念之情愈加强烈，进家的刹那，心中燃起迫不及待去看望外公的渴望。

外公墓前的那株蜡梅花已经谢了，地上一片落花。我怜惜地扫起它们，倒在了蜡梅的根上，然后就在外公的墓前默默徘徊着，一圈又一圈，任凭无法排遣的思念无边无沿地蔓延开来，任凭热泪夺眶而出，可外公却不能为我擦泪了，也不能背着我翻过那一重又一重的高山了。外公永远离开了我们，我再也见不到外公和善的笑容了，再也听不到外公亲切的教诲了，此时此刻，只感受到身心融入新鲜的泥土，外公那呼唤我的声音在空旷的山野里飘荡着。在这宇宙之间，还有什么能阻隔这种声音的传播呢。

落日带走了光明，天地间塞满墨汁浸透的麻团。夜从没有这么黑过。辛苦了一年的乡亲们围着火堆，尽情享受着除夕夜的温馨和浪漫，可我们没有离去，好几年没来看外公了，我舍不得走。

我们在外公的坟前坐下来，我让女友喊"外公"，先和他老人家打声招呼，然后我为外公倒了杯酒，外公生前喜欢喝酒，但由于家里穷，每次都是去灌工业酒精，这次我带来了国内算是最好的五粮液酒，我也倒了杯酒，在女友点燃的鞭炮声中一口饮尽。借着火光,我看见这座青纱帐的房子里飘起了淡淡的烟雾,而外公就静静躺在里面,面容慈祥、安康。我们就坐在他的身旁,跟他挨得很近,就像平常围在他身边一样。忽然,外公坐了起来,轻轻揽着我:"瞧你,这么大了还哭,还像个小孩子一样……"如同年少时我在外面受了委屈跑回来诉苦,外公拍去我身上的泥土,为我系好扣子:"没事了,不要再生气了,一个巴掌拍不响,多想想自己的不对,你就坦荡了。"说实话,这话当时不是太中听,但后来一想还是觉得蛮有道理的。尤其是在今天这个全家团圆的日子里显得更为真切,我不由地再往前挪挪,我要把这几年憋在心里的话全都说出来,我相信外公能听得到,我永远都相信……

难眠的除夕夜,只有那些刻骨铭心的记忆,漂浮在空旷的脑海里。小时候,父母去了城里打工,我就住在外公家,可以说外公就是我的启蒙老师。外公为人厚道、热情,谁家有什么困难,他总是第一个去支援。外公常教导我:"人嘛,就这么一辈子,能帮人处尽量帮。"外公这种为人处世的态度赢得了村里人的尊敬和爱戴,不管谁家有了喜事,外公永远是座上宾,村里要开什么会议,也都免不了要咨询外公一番。外公家有一亩田,当初父亲劝他把田让给别人来做,外公说什么也不肯,外公说:"人活着不干事,那还是个人吗?"外公跟我讲"孟母三迁",外公跟我讲"三字经",外公的启蒙教育,我牢记在心,并以外公作为生活的榜样。外公不止一次教导我们从小要诚实,不是自己的东西不要拿,要坐得正,走得稳。闲暇的时候,外公在家旁边开辟了一块菜园,外公白天在菜园里忙碌,晚上则教我读唐诗,外公教我们学会劳动、学会学习。外公还鼓励舅舅做生意,舅舅开始时贩鸡蛋卖,后来在外公的鼓励下舅舅游乡卖烟,外公的鼓励,让舅舅一家过上了较为殷实的生活。

我十岁时开始离开外公独自一人到离家五十里外的县中学读书,外公每周都会看我一次,每次都走路来,外公舍不得花钱,可要是我要买什么学习用品,外公却毫不犹豫地掏钱催我去买。我时常为自己拥有慈祥、热情的外公而自豪。别看外公是个农民,但他思想开放,很有远见,改革开放后不

久，县里的大专学校要在我们村建个分校，要征收土地，开始乡亲们嫌便宜了，不肯签字，外公看得远，就一家一家地去劝说，外公说："学校建起来了，还少得了大家的好处吗？食堂、住宿那可以解决多少人的就业问题啊！"外公的话最终打动了大伙的心，事后证明大家的选择是正确的。

回想起来，外公除了帮助邻里乡亲外，他还带头做了三件善事。一是带人修好了村里的渠道。家门口的那条水渠因年久失修，每到夏天，瘦弱的水渠经受不住暴涨的河水，便到处溃堤。抬眼望去，到处都是白花花的一片，可乡亲们只是望着，谁也没有动手，也许农村的人就是这样，不论做什么事情，总得有个牵头的人，外公就愿意做这种人。没等暴雨停下来，外公就扛着锄头出发了，上身什么也没有披，就光着胸膛出发了，外公忙着去田里导水，大家先是都望着，不知谁喊了声"大家上啊"，接着从各家屋子里冲出一个个袒胸露背的男人。第二天，外公趁热打铁号召起村里一百多个青壮年男子去修渠道。二是外公认为，再穷也不能穷教育，再苦也不能苦孩子，当外公看到我们村的孩子需要到10多里外的下水村去读小学时，外公便开始和村主任策划修建一所自己的小学。经过多方联系，拿到了三万块钱的希望基金，再加上村里的自愿捐款，学校终于建起来了。三是在外公人生的最后一年，他带领大家把村里的那条泥巴路换成了沥青路。

可谁也没有想到，身体强健，大家都预料能活上百岁的外公，却因为给别人忙时被打红薯的机器弄伤了手而不在意，突患破伤风去世，享年六十岁。噩耗传来，亲人们都不胜悲戚，外公出殡那天，前来送行的乡亲更是络绎不绝。外公这辈子都在帮人，他至死都没有一丝后悔，连他最后的遗言都还在叮嘱我们要以身作则，清清白白、踏踏实实为人……

妈，请牵着我们的手回家

王 英

有关母亲是怎么来到这个家的，有两种版本。父亲的说法是：那年他只身一人跑到深圳打工，刚下火车，行李就被人抢了，苦于无奈，父亲只好到处求人，可人们纷纷投来鄙视的目光，快到晚上时父亲突然听到一个微弱的声音："大哥，我跟你很久了，饿了吧？"转头，父亲看见了一张羞涩的脸。父亲老实地点点头，女人便把他领进了一个小馆子。三个馒头，一碗冬瓜汤，父亲却吃得津津有味。经过交谈得知，女人所在的单位需要一名搬运工，父亲便跟着她去了。第二年父亲便把女人带回了家。二舅的说法是：父亲那年打工回来，在家门口遇到了一个迷路的女人，借路费，父亲见他可怜，便把身上的钱全给他了，谁知女人第二天又回来了，女人说她不想回去，来打工钱没赚到钱反把行李给丢了，很丢脸。女人问父亲能不能帮她介绍份工作，父亲答应了，女人便暂时在家里住下了，后来便成了父亲的妻子。

不管哪种说法正确，我们兄妹三人都是很讨厌母亲的，虽然我们都是母亲亲生的，我不知道这与我有没有关系。

一

听哥哥说，我生下来就体弱多病，一岁那年，还差点死在医院。当父亲抱着奄奄一息的我回家时，母亲就和父亲商量，把孩子扔了吧，家里本来就穷得揭不开锅了，还多一个累赘。

六岁时我得知这个消息便再也没有理过母亲，不管她怎么样找我说话，

117

我都保持沉默，除了恨，我还讨厌母亲身上的味道。那年，父亲和母亲承包了十亩鱼塘，母亲整天在外忙碌，又是往塘里灌粪，又是下水捕鱼，浑身上下都是又臭又腥的。孩子们远远看见，扭头就跑，只剩下一脸呆相的我，走也不是，等也不是。

我十二岁的时候，去了二舅娘所在的学校念书。一次，我正和同学们玩耍，有个同学跑过来大声说："咳，你家人来看你啦，在外面等你呢。"远远地，有个人在那儿招手，我的心一下子悬了起来，是母亲。我不想她来，我离家时多次嘱咐，不要来学校找我，我丢不起脸。同学们凑过来，有人问："那个穿破衣服的丑女人是谁啊？你妈？""不是。"我立即否认，想了想，又补充，"我家新来的一个佣人。"我硬着头皮走过去，几个好事的同学跟着我。到了外面，母亲连忙递过来一个保温瓶："你爸让我捎过来的，是我亲手做的腊鱼、腊肉，你尝尝，也让你同学尝尝。想家了，就回去看看。"母亲说话时，身上飘来一阵又一阵难闻的味道，几个同学都捏着鼻子，远远地议论着："看起来不像他家佣人，倒像他妈。"母亲听了，只是温柔地看了我一眼，然后一瘸一拐地走了。

后来我才知道，邻居家失火了，母亲前去救火时，被塌下来的房梁压伤了腿。但这些并不能改变我对母亲的看法，在我心里，母亲是个罪人，我瞧不起她。

二

二姐读高三时，大哥在读大学，一家三个人都需要钱。这对于本来经济就很拮据的家更是雪上加霜。而这时，父亲和母亲只好回到城里，包了个门面做生意。但生意并不太好，母亲很多时候都是闲得没事情做，后来在一个朋友指引下，母亲去剪辣椒蒂，一个一分钱，一天下来也有二十多块的收入。

二姐每个月会回来一次，每次都是要钱。那时，母亲已经四十岁了，看起来已是老态龙钟，二舅说都是操劳过度的原因。现在回想起来，确实如

此。在我的记忆里，母亲每天白天在外面忙，晚上在家里忙，基本上都是十一点才睡，第二天五点多就起来了。再坚固的机器也会出问题，何况是人。

有一次二姐回来后问父亲要一百块钱。父亲一下子就火了："你要这么多钱干吗？"二姐说："班上要组织春游，我还没出过远门，想去看看。"父亲说："家里连买米的钱都是借的，哪有钱给你。"二姐也不知哪里来的胆子，大声顶撞说："没有钱买米，那你还抽什么烟？"父亲气得当场就给了她一巴掌，二姐转头就跑，母亲想去追，还在气头上的父亲制止了她，并说："由她去吧！"

我知道抽烟是父亲唯一的嗜好，常常是半夜醒来，就看见父亲躺在床上，头顶有一股烟雾浸润在夜色之中，那是父亲失眠了，靠抽烟来维持心理的平衡。

晚上，我正要睡觉，忽然听到他们在外面小声说话。我爬起来，贴着门缝听。父亲说："钱借到吗？"母亲说："借到了。"父亲叹了口气："柔柔，你不要骗我了，你又去卖血了吧。我早知道你会这样。都是我没能力……"母亲哭了："是我欠他们的，我没有做到一个母亲的责任。""你没有欠他们什么！"父亲提高了声音，似乎怕影响我休息，马上又压低了声音，"反而是他们欠了你太多。"父亲不说话了，一个劲抽着那劣质的香烟。好长一段时间后，父亲说："你明天把钱给女儿送过去吧。"母亲说："不了，上次去君儿学校，就让他很尴尬，还是你去吧，我们家女儿自尊心强，她丢不起这个人。"我躲在门后，什么也没有说，只是泪悄悄模糊了双眼。第二天早上，我很早就去见母亲，我说："把钱给我吧，我去给姐。"母亲既惊讶又兴奋，这么多年，我还从没有主动帮过她。母亲颤颤地把几张十块的人民币递给我时，我想起这些钱上流淌的全是母亲的血时，终于忍不住号啕大哭起来，我说："妈，我知道错了，请你原谅我。"母亲显得比我更激动，从六岁到十五岁这九年里，这是我第一次喊妈。母亲紧紧把我抱在怀里，哭成了一团。

二姐到了北京的一所高校念大学，大一寒假时，她告诉父亲，要他第二天凌晨五点来车站接她。那天晚上，母亲显得很激动。三点的时候，母亲就

早早起床了。我和母亲匆匆吃了早饭，就往外面赶。正下着雪，我才走了两步，脸就被冻红了，母亲说："孩子，我把围巾给你。"母亲说着就要解。我望着母亲那花白的头发，瘦弱的身体，我说："我不冷。"到了火车站，等了半个小时，火车就来了。二姐走下火车，看见母亲和我，意外地怔住了。母亲跑上来，连忙把外套给二姐披上，外头冷，别冻坏了。又把围巾给二姐围上。母亲说："饿了吧，我给你做了你最喜欢吃的煲仔饭。"我把保温瓶取出来，大家找了个地方坐下来。二姐一边吃，母亲就一边唠叨，母亲说："家里人都还挺好的，就是你外公得了风湿，走路有些不便。"母亲说："这一年还不错，你爸改做批发生意，赚了不少，你哥也经常寄钱过来，你在学校该花的就花，不要心疼。"母亲还说，回了家就好好休息，要吃什么尽管说……母亲也许太兴奋了，只顾着说，全然没有注意二姐的眼泪一滴一滴地掉在饭里。

三

在我们三兄妹中，最有出息的就是大哥了。他研究生毕业后，回到当地的一家外企做了高管。大哥很忙，基本上半年都难得回家一趟。有一次，他回家说："爸，装个电话吧，有什么事情也好联系。"

母亲笑了，不说什么，从里屋拿出来一双鞋子，说："我给你做的，你看看合脚不？我知道你钱多，可这毕竟是我的一片心意。"那个时候，母亲迷上了针线活，每天晚上就在房间里忙碌着。这么多年，母亲一直都不愿意闲下来，仿佛忙就是她生命的一切。

大哥把鞋穿上，刚好合脚。出门的时候，大哥突然说："妈，事情都过去那么多年，你就不要放在心上了。这些年，你为这个家所操的心，所受的苦，大家心里都清楚。"母亲没有说话，却迅速背过身，手在脸上抹了一下，又一下。我在房间里看着母亲，我知道母亲这么多年来等的就是这句话，这十几年来，她一直都觉得自己有愧于我们，其实要说亏欠，有亏欠感的应该是我们。

　　但奇怪的是,电话装好之后,大哥从没接到家里打过来的任何电话,有的只是偶尔的一声电话铃响。父亲后来告诉我,那是母亲在想他了,但又舍不得让他花钱。母亲一聊起来,没有半个小时她是舍不得挂的,所以她只好忍着。后来我和二姐都参加工作后,也会经常接到母亲打来的"骚扰"电话,这似乎成为我家独有的一种现象。

　　有次大哥出差回来,刚到公司就听见值班人员告诉母亲在办公室等他。一见面母亲就抢着说:"怎么你的手机停机了,我放心不下,就过来看看你。"大哥这才想起没有去充话费。后来,我们兄妹三人都不敢让自己的手机欠费,而且二十四小时开机,为的就是等母亲一声独特的问候。

　　有几天时间,母亲突然没有"骚扰"我们了。我急了,问大哥二姐,他们也说没有收到。打回家也没有人接,我立刻请了假,风尘仆仆地赶回家,才知道母亲病了。

　　母亲躺在医院里,我们三人就趴在母亲的病榻上,四双手紧紧地握着。父亲说你妈就是太操劳了,犯下很多的病,高血压、脑动脉硬化都来欺负她。母亲笑了,我不操劳,谁来养活我呀。大哥急了,不是还有我们么。接着我们兄妹三人就商量,不管有多忙,一周都必须回家一趟。当然我们还有个约定,那就是等母亲出院了,让她牵着我们的手回家!

来生，你还是我的守护天使

王国军

我突然做了一个梦，梦中叔叔在雨里大喊："君儿，你要努力，莫偷懒，我在天堂盯着你呢。"醒来，泪洒满了枕头……

一

听邻居说，叔叔是为了妈，才迁到这里来的。因为脾气粗暴的父亲老是动手打母亲，叔叔一怒之下，就在父亲的屋旁搭了间瓦房。但我不解的是，何以人高马大的父亲，在瘦弱的叔叔面前会变得胆小如鼠。记忆中，好几次父亲从叔叔的房间里出来，都是鼻青脸肿。

尽管叔叔如此维护母亲，但我还是非常讨厌他。叔叔就住在我的隔壁，房间里脏得要命，远远就能闻到臭味，胡子也从来不剃，头发乱得像鸟窝，还是个聋子。我对母亲说，难怪他讨不到老婆，一辈子打光棍。

母亲说，你叔叔小时候并不是聋子，他是得病没钱治，才变成这个样子的。母亲说，你不知道你生下来时，你叔叔多高兴，他抱着你在医院里兴奋得乱跳。他说，那段日子，是他生命里最幸福的时光了。可你长大了，却开始嫌弃他了。

母亲还说，我知道很多人都讨厌他，但他并不是个无用之人，你以后就会知道，你叔叔足以做你人生的楷模。

我跑开，不理母亲。邋遢的叔叔，在我幼年的记忆里，一直是个耻辱的印记。

二

我家门前,有三口鱼塘。不知从什么时候起,叔叔就经常站在旁边,傻傻地看着。邻居们都说,聋子不知道又要干什么了,是不是受打击,想不开了。母亲让父亲去看,父亲眯着眼说:"聋子命大着呢,死不了。"母亲只好把目光转向我,我不忍心拒绝母亲,便走到院子里,远远地便看见叔叔蹲在塘角边。我笑着对母亲说:"他不知道是在想谁家的寡妇呢。"母亲急得喊:"君儿……"

还真的应了我说的那句话,有关叔叔的流言多了起来,说他和村里的张寡妇走得很近,经常见到他去张寡妇家帮忙,甚至还有人绘声绘色地描述,说在哪天深夜看见叔叔溜进了张寡妇的门,没再出来。母亲自然是不相信这话的,叔叔不管在外面如何忙,总会在七点的时候,准时回家吃晚饭。

母亲对叔叔说:"你都快四十的人了,老大不小了。还不考虑终身大事,真要陪着姐姐过一辈子啊?"叔叔看着母亲,他听不到,却能根据说话的口形,大体听出意思来。叔叔没有回答。母亲便自作主张地去找张寡妇,女方倒没意见,一切看叔叔的,等母亲再去找叔叔的时候,他早跑到后山里,躲得无影无踪。叔叔永远是这犟脾气,认定的事,八头驴也追不回来。

有一天,叔叔突然对母亲说:"我想把这个鱼塘包下来,我想养鱼,让人来垂钓。"父亲在一旁不屑地说:"包下来有什么用,你没看以前的承包者都亏本了吗?这个破地方,还能有人来钓鱼?"母亲叹了口气说:"弟弟,你想做什么,就去做吧。"

吃了饭,正在休息,忽然听到外面有吵闹声,原来是叔叔拿了个兜子跳到鱼塘里兜鱼,三口塘的水都弄得一片混浊,旁边有几个钓鱼的老人生气了,直骂他是疯子。叔叔也听不见,只管做自己的事。我连忙抄了根扁担过去,一扁担砸在他旁边,溅起很高的水花。他一脸惊愕地看着我。我恼怒地说:"你能不能安分一点,这个家有你吃,有你穿,你是不是还不满意,到处丢

人现眼，把我们王家的脸丢尽了，才安心，是吧？"

叔叔瞪了我一眼，然后说："中间的那口塘不错。我要了。"我低头说了句："疯子！"转头不再理他。吃晚饭的时候，我拒绝喊他。

母亲只好把饭送到他的房间里，我看见母亲出来的时候，脸色极不好看，我的心中忽然有一丝不安，我想自己真的是过分了，毕竟他是我叔叔。

我像个犯错的孩子，走到母亲的身边，母亲只是说："君儿，你叔叔想做大事了，我不管你平常多么不喜欢他，但在这关键时候，一定得帮他，明白不？毕竟都是一家人，自己都不帮自己人，谁还会帮你。"我转头望了望叔叔的房子，默默地点了点头。

三

叔叔开始忙碌起来了，父亲也去帮忙，还不时唠叨几句，我看得出，父亲说话的声音很低，他虽然不喜欢叔叔，但是因为有些怕他，一直不敢大声反对。

叔叔缴纳了两年的承包费用，三千块，那是他一辈子的积蓄，有时我还真替他担心，要是也像以前的承包者一样亏本，那他将如何面对世人低俗的眼光。

一周后，叔叔和父亲买鱼苗去了，但因为路途遥远，鱼运回来时很多已翻了白眼，我连忙帮他把鱼苗倒进池塘里，期待它们都能活过来。

第二天一清早，叔叔就出去了，半个小时后垂头丧气地回来，我看见他后面的篓子里满满的死鱼，忽然心生不忍，我安慰他："没事的，死了我们还可以再进。"我又问："你养鱼，真的只是让人来垂钓？"叔叔咧开嘴笑了，他从房间里摸出本杂志，翻到其中一页，上面赫然介绍着"浑水摸鱼"的创业事迹，我惊讶地说："莫不成你也想学着干。"叔叔沉思了一下说："我仔细分析了，我们这儿离市区不远，旁边还是高校，市场潜力很大。我看可以一试。"

叔叔让我去学校给他做广告，我有点不情愿。母亲就拉着我的手说好话。母亲走的时候，我对父亲说："真不知道他有什么好，母亲什么事都要向着他。"父亲沉默了一会，突然说："你叔叔为了你母亲，老婆都没讨，就窝在这里，弄得我连一句狠话都不敢说，你想，要是有个人也对你这么好，你能不向着他?"拍拍我的肩膀，父亲又说："其实仔细想起来，你叔叔除了是个聋子，其他都好，很多方面我都自叹不如。"从来只诋毁他的父亲突然在我面前说着叔叔的好话，确实让我十分震惊，但我知道，父亲的话不是没有道理。

叔叔学着杂志里面的做法，做了大幅广告。而我则和学校的老师取得了联系，高考后的学生聚会，就选择在我们村的农家乐举行，学生们在水里嬉戏的表情，被叔叔拍了下来，然后邮寄到市电视台，紧接着记者来采访了，电视台来报道了。叔叔仿佛一下子成了时尚创业的名人。

一拨又一拨的人，开始跳进叔叔的鱼塘里。叔叔搬条凳子，坐在塘边，咧着嘴笑。突然想起村里的闲言闲语，我想要是叔叔成家了，就搬走了，那父亲至少可以活得更自由了。

四

叔叔的婚事自然提到了日程上。对象还是张寡妇。听母亲说，她和我母亲说过几次了，我也看到，张寡妇来过池塘边，但没和叔叔说话，只是远远地站着，彼此对视，无语。

叔叔的小屋里，开始有了变化。叔叔开始变得爱干净了，房间里的衣服都摆放得整整齐齐。有一天，母亲陪着叔叔从市区回来。再次看到叔叔，我呆住了，西装革履，一脸白净的他，让我几乎认不出来了。看我发呆，叔叔怜惜地摸着我的头说："我像妖怪?"我和母亲都笑了。

张寡妇来我家的那天，叔叔起得很早。他利索地把胡须刮了又刮，然后站在镜子面前，不肯离身。午餐时，母亲对叔叔说："我盼了十多年，终于盼到你能苦尽甘来了。我是由衷高兴，也祝福你们能白头偕老。"叔叔红着脸，低着头不说话。

七月，我去广州打暑假工，再次回来是在月底了。叔叔来接我，一路上对我嘘寒问暖，但我看得出来，他眼里藏着不快。我隐隐约约感觉到出什么事了。

回家，我悄悄问母亲，母亲铁着脸不说话，叔叔就待在塘里，一把棍子舞得直响。父亲说："知道你叔叔为什么这样郁闷吗?"我摇头。

父亲说："张寡妇和你叔叔吹了。我现在才晓得你叔叔有多么好，为了你母亲，他拒绝了别人，而如今为了你，他再次拒绝了别人。知道为什么吗?你叔叔愿意娶张寡妇，但有一个条件，那就是你叔叔要承担你所有的学费，而且他走后，所有的财产都过到你的名下，张寡妇自然不同意，没谈拢，看得出来，你叔叔还是蛮喜欢张寡妇的……"

我朝池塘走去，近了，我大声喊叔叔，他看着我，眉宇间突然涌起笑容，我说："叔叔，我想去世界之窗看看，你有空陪我吗?"叔叔从池塘里走上来，我看见他的胡须又很长了，我心疼地拿剃须刀给他刮，叔叔突然抓着我的手："君君，答应我，好好读书，好吗?"我含着热泪点头。

叔叔出去的时候，我远远地望着他，我忽然觉得他的背影，在我心里拱成了一座山。我读大三时，父亲突然病了，很严重，医生说是胃出血。我读的大学是一所私立大学，三年下来，已经花了叔叔不少钱，父亲这一病，就更拮据了。

我去找叔叔想办法时，叔叔正在池塘旁傻傻地看着，有客人想下池塘捉鱼，交钱时，叔叔居然都没反应，我轻轻碰了碰他，叔叔这才如梦初醒地说："好，好。欢迎!"末了，叔叔突然霍地站起来，说："有办法了，君君，你先去医院，我晚上就过来。"

叔叔把他的鱼塘低价卖了。拿着牛皮纸装的一大包钱，叔叔赶到了医院，父亲哭着说："我一向对你不好，你还这样帮我，我真的十分惭愧。"叔叔咧着嘴笑，说："说什么见外话，都是一家人，我不帮你，谁帮你。"

叔叔就是这样的人，他永远把别人的利益放在自己之上，他话不多，可说出的每一字每一词都弥足珍贵。只是我从来都没亲口喊过他叔叔，也从没对他说上一句感激的话,我原以为,有些话放在心里就行了,可是等到真正想说的时候,机会已经不复存在了。

五

叔叔是在我工作后走的,他对母亲说:"我看不到君君过上好日子,我绝不甘心。"于是,一口气就拖到我踏上工作岗位的那天。听母亲说,叔叔患的是肝癌,晚期。因为自知没机会了,他只是去了一趟医院就没再去了。叔叔把他剩下的积蓄都过户到我的名下,他让母亲转告我,希望我走好人生的每一步,他在天堂会好好守望着我。

叔叔就躺在冰凉的棺材里,穿着去见张寡妇时的西装,张寡妇在一旁哭得死去活来,她说:"为什么你有病都不告诉我,我知道你是怕连累我,可是我不怕,早知道这样,我死也不会离开你,陪你走完人生的最后一程,哪怕一天也好……"

叔叔就葬在鱼塘的旁边,村里人说,这块鱼塘是叔叔的,人走了,魂还在这里。

我朝墓碑跪下,大声说:"叔,您放心吧,我一定会努力的,不会丢你的脸。来生,希望你还做我的守护天使!"我知道,叔叔听不到,但是他一定能看得见……

天亮，是因为你的脚步

厉剑童

他的求职遇挫故事和报刊、电视上看到的无数大学生求职经历几乎没什么两样。

那年，他大学毕业后，怀着对未来美好生活的向往，到了南方一座经济发达城市找工作。在接二连三碰壁之后，他才明白，现实远没有自己想象的那么好，甚至有些残酷。那些把他拒之门外的理由，不是嫌他学历不高，也不是因为他在大学没获过奖，更不是因为他长得不够帅，而是因为他没有多少实际工作经验。

怀着失望，甚至是绝望的心情，他垂头丧气地回到老家，回到父母的身边。他是村里走出来的第一个大学生，是全村人仰视的对象。灰头土脸地回来，他觉得无颜见江东父老。那些日子，他躲在家里，不是唉声叹气，就是埋头睡觉。就这样一天到晚无所事事，百无聊赖地打发着漫长而苦涩的日子。

第一场雪到来的时候，他在家里已经闷闷地度过了一个月。他已经到了颓废崩溃的边缘。他埋怨天埋怨地，埋怨老天爷对他不公，当然也埋怨父亲的无能。

他的父亲曾当过多年民办教师。后来上头一个文件就把他们这些大半辈子都献给教育热爱教育的人给辞退了。父亲没有多少怨言和牢骚，平静地回家当了农民，很快成了种田的好手，看上去跟普通农民没什么两样。民办老师生涯留给父亲的唯一爱好是晨跑。那是几十年养成的习惯。

在他回家的一个月里，父亲曾不止一次劝他想开点，多向前看，大不了

回来和自己一起种地,当农民。每次父亲这么说,他都从心里涌起一股强烈的反感,恨不能和父亲结结实实吵一架。

那天早晨,他和往常一样还在蒙头大睡。父亲把他叫起来,让他跟自己一起出去跑步。外面黑乎乎的,在父亲喊了他十几遍之后,他才很不情愿地从被窝里爬起来,懒洋洋地跟着父亲出去。

清晨五点半,外边黑乎乎一片,几步之内看不清人面。开始,父亲和他并排跑。其间父亲几次想跟他说话,他都懒得搭理。无奈之下,父亲干脆撇下他,一个人在前面跑,他跟在后面。

天一点点亮起来。跑着跑着,父亲听见他在自言自语:"我每跑一步,天就亮一点点,跑一步,天亮一点,这老天爷可真是听话啊,要是我的求职之路也能这样就好了。"

他的话父亲听得清清楚楚。父亲眼前一亮,故意放慢脚步,接过话茬,说:"是啊,跑步就是这样。乍看周围一片漆黑,仿佛没有光亮,没有希望,看不清路在哪里,是弯还是直,但你只要一直跑下去,天就一点点亮起来,跑一步,亮一点,直到你跑得足够远,天也就大亮了。这世间很多事和跑步一个样。"

"这么说,天亮,是因为我的脚步?"他疑惑地看着父亲。

父亲重重地点点头。

他一言不发,沉思良久。眼前仿佛一道闪电划过,他隐约看到一条路,一条从没走过的路。

当天,他擦干泪痕,收拾行囊,昂首挺胸,一个人去了另一座城市。在这里,他遭遇了和先前那座城市几乎一样的境遇,但他记住了父亲那句话:天亮,是因为你的脚步。一个月后,他找到了一份销售工作。他埋下头,心无旁骛地做下去……

二十年后,他成了一个小有名气的推销师,经常应邀到一些著名学府给即将走出大学校门的学子们做求职演讲。每次他都会讲到那次和父亲一起跑步的经历,讲起自己的感悟,讲起自己的求职经历……每次讲完自己的求

职故事之后，他都不无感慨地说："世上从来就没有随随便便的成功，困难和挫折在所难免，这并不要紧，要紧的是永远都不要停止你的脚步，天往往在你迈出下一步的时候豁然一下就亮了，你也就看清了自己正在走的路和以后要走的路。"

演讲进行到最后一句的时候，他总习惯性地把手用力一挥，大声说："天亮，是因为你的脚步！这是我一生的体悟，是我的独创，我的鲜花。"

那时他的父亲已经去世。他永远也无法知道，自己为之得意的那句"天亮，是因为你的脚步"并非自己的独创，那是父亲当年被辞退后在一次晨跑中悟出的道理。那次父亲要他起来跑步其实就是想告诉他这句话。

最珍贵的一课

鲁小莫

　　他做梦也没想到，这把最爱的胡琴，有一天会成为谋生的工具。是的，谋生。这样想的时候，他的心，隐隐作痛。音乐曾是他的梦想，胡琴是梦想载体。他无数次幻想坐在高等音乐学院的教室，如痴如醉听老师讲课的场景。这一切，随着那场可怕的车祸，永远地画上了句号。

　　许多时候，他坐在闹市区，或地下通道的路口，胡琴架在腿上，发出咿咿呀呀的声响。胡琴对他来说，只是一个道具。因为他发现，仅仅对着一只破旧的搪瓷缸子，一天下来，收入寥寥无几。而有了胡琴，人们往搪瓷缸里投掷的硬币明显增多。

　　胡琴咿咿呀呀响着，他随心所欲地换着曲目，无人认真倾听。眼前的行人是匆忙的，冷漠的。瞥来的眼神，是鄙夷的，甚至投来的硬币，"咣当"一声，也发出嘲弄的声音。他习惯了这些。他甚至挽起空荡荡的裤角，不无恶意地露出半截腿骨。

　　那天心血来潮，他拉起《相逢是首歌》。这支曲子，他曾经代表学校，参加市里的音乐比赛，获过优秀奖。往事如梦，却历历在目，他拉着琴，眼角沾上泪滴。他沉浸在自己的情绪中，忽然听到一个严厉的声音：音调高上去！

　　他抬头。一个女人，穿着白色风衣，站在眼前，看着他，脸上不苟言笑。他一愣，一股说不清的滋味涌上心头。居然有人注意他！他抹一把眼泪，眼睛也跟着亮起来。他认真拉起来。女人轻轻打着节拍。许久，她点点头，说，不错。转身走了。

　　他看着她的背影，有些疑惑。人们总是避他不及，居然有人来主动指

131

点！这是个什么样的女人？她看起来高贵沉静，打拍的手势娴熟优美。他深呼吸一口，体内仿佛有新鲜的血液注入。

他开始注意来往行人。他发现，那位穿白色风衣的女人，每星期三下午，总会从这里经过，然后，在他面前驻留片刻，静静倾听，或指点一两句。于是，每星期三下午，他总是雷打不动地待在这里，卖力地拉着琴。

又是一个周三的下午，他照例来到老地方。风很大，天很冷，女人迟迟未来。他迟疑着，想离开。这样的鬼天气，行人少，收入更少，待在这里，简直是活受罪。正犹豫不定时，女人出现了。她依然穿着白色上衣，面色白皙得近乎苍白。他心里一喜。女人照例听他拉了一会儿，然后，轻打节拍，让他随着节拍拉。

让他欣喜不已的是，在女人的节拍下，他以前很难拉上的音调，居然平稳地滑过。女人或点头，或摇头，或说一两句鼓励的话。他用心拉着，恍惚间，仿佛坐在一座音乐的殿堂，天为梁，地为座，他与老师徜徉于音乐的海洋。

一支曲子不知拉了几遍，也不知过了多久，他的头上，冒着热气腾腾的汗。汗水流进眼睛，他腾出手抹一把时，才发现，不知何时，女人的身边，多出一个红衣女孩，女孩为女人高高举着一把雨伞。天空不知在何时下起极细的雨丝。

女人对女孩摆摆手，让她把雨伞举到他的头顶。他慌忙摇头。女人却不容分说，将女孩轻轻推过去，说，我穿着风衣呢，湿不透的。女孩不情愿地站在他身边，举着伞。

他感觉她累了，有些喘息，便停了下来。然后，她对他说了一句令他终生难忘的话，定定地看着他的眼睛片刻，转身离开。

以后的日子，他仿佛变了个人，他再也不敢将胡琴拉成咿咿呀呀的声响。他用心拉着每一支曲子。常有行人在他面前驻留，搪瓷缸里，钱币总能装得满满的。可这些，无法安抚他那颗焦躁的心，他许久没有见到那个女人了。每个星期三下午，他的眼神急切地在行人中穿梭，却再也寻不到那个亲切的身影。

直到一天，红衣女孩出现在他面前。女孩面容沉静，像在沉思，又像在倾听。许久，女孩转身离开。转身的瞬间，他看见她眼角有泪。他喊住她，嗫嚅着问："那位老师，你见过她吗？"

女孩停下来，缓缓地说："她是我们音乐学院的教授，那个星期三下午，她为我们授完课，又来你这里。她得了绝症，上了手术台，再也没下来。那一次，是她最后为我们上课……"女孩的眼泪夺眶而出，嗓子哽咽着，再也说不下去。

他一怔，十指僵住，胡琴声戛然而止。

他不敢再随便拉琴。每一支曲子，必用心弹拉。红衣女孩成了他的朋友，不时来看他，给他指点，或说一些琐碎的话。那天，他正拉着一支曲子，一个敦实的男人在他面前站了很久，而后，递给他一张名片，问："你愿意到我这里吗？"

那个敦实的男人，是这个城市有名的向伟乐队的老板。

他成了向伟乐队的顶梁柱。每一次演奏中，他都拉得如痴如醉，台下观众也听得如痴如醉。不时有人献花，他赢得了如雷掌声。观众们用崇拜的眼神看着他，为他身残志不残而感动，而鼓舞。

而他，一心一意拉着胡琴，抬眼中，仿佛又见那次特殊的课堂：天为梁，地为座，细雨是帷帐，他的老师，一次一次为他打着节拍……

他永远忘不了她说的话：只要心不荒芜，你的人生，就会绿意葱茏。而他绿意葱茏的心里，是她，洒下了爱的种子。

傲慢与非偏见

吕 麦

一代大师、学者钱钟书，出生于诗书世家，聪慧过人，被称为"民国第一才子"。鉴于此，青年时期的钱钟书颇有些自负，恃才傲物。

1929 年，钱钟书以英文满分的成绩，考入清华大学外文系，成为吴宓教授的得意门生。他上课从不记笔记，总是边听课边看闲书或画图画，或练书法，但每次考试都是第一名，甚至在某个学年还得到清华的破纪录成绩。吴宓对这个天才弟子更是青眼相加，常常在上完课后，"谦恭"地问："Mr. Qian 的意见怎么样？"钱钟书总是先扬后抑，不屑一顾。吴宓也不气恼，只是颔首唯唯。

1933 年，钱钟书即将从清华外文系毕业，校长冯友兰亲自告诉他，将破格录取他留校继续在西洋文学研究所攻读硕士学位。钱钟书却一口拒绝，并狂妄地说："整个清华，叶公超太懒，吴宓太笨，陈福田太俗！没有一个教授有资格充当钱某人的导师！"要知道，被他点名批评的三位教授，是三十年代清华外文系的"梁柱之才"啊。

不久，"长舌"的周榆瑞将这话告诉吴宓。吴宓一笑，平静地说：Mr. Qian 的狂，并非孔雀亮屏般的个体炫耀，只是文人骨子里的一种高尚的傲慢。这没啥。1937 年，钱钟书分别在牛津大学、巴黎大学学习、研究西洋文学。期间，"浪漫"的吴宓几经反复，打算和 32 岁的情人毛彦文举行婚礼。消息传出，钱钟书特撰文一篇，发表在国内某知名大报上，刻薄地调侃恩师的新娘为"Superannuated coquette"（徐娘半老，风韵犹存——卖弄风情的大龄女人）。使吴宓的"罗曼蒂克爱情"，成为一时笑柄。

1940 年春,钱钟书学成回国。许多知名学府想聘请他,其中就包括他的母校清华大学。可是,却遭到时任外文系主任陈福田、杜公超的竭力反对。吴宓得知此事后,愤愤不平,斥之为"皆妄妇之道也"。他奔走呼吁,不得其果,更慨然"终憾人之度量不广,各存学校之町畦,不重人才"。后来,陈福田请吴宓吃饭,吴宓特意叫上好友陈寅恪做说客,力主聘请钱钟书,为清华的西洋文学研究所增加光彩。经过几番努力,"忌之者明示反对,但卒通过",吴宓很是欣慰。只是,任教 2 年后,钱钟书和诸公不睦,辞职他就。吴宓又是极力挽留,但钱钟书去意坚决。

在钱钟书离去之后,吴宓借学生李赋宁的笔记来读。这是钱钟书讲课的笔记。内容有两门课:一是《当代小说》,一是《文艺复兴时期的文学》。吴宓在《吴宓日记》里写道:"9 月 28 日读了一天,29 日又读一午。先完《当代小说》,甚佩!9 月 30 日读另一种,亦佳!10 月 14 日读完,甚佩服……深惋钟书改就师范学院之教职。"

多年后,钱钟书的学术、人格日趋成熟。晚年的他更是闭门谢客,淡泊名利。一次,他到昆明,特意去西南联大拜访恩师吴宓。吴宓喜上眉梢,毫无芥蒂,拉着得意门生谈解学问、下棋聊天、游山玩水。钱钟书深感自己的年少轻狂,红着脸,就那篇文章向老师赔罪。吴先生茫然,随即大笑着说:"我早已忘了。"

1993 年春,钱钟书忽然接到吴宓先生女儿的来信,希望他为其父新书《吴宓日记》写《序》,并寄来书稿。当钱钟书读完恩师日记后,心内慨然,立即回信自我检讨,谴责自己:"少不解事,又好谐戏,逞才行小慧……内疚于心,补过无从,唯有愧悔。"且郑重地要求把这封自我检讨的信,附入《吴宓日记》公开发表。

叶兆言说:"吴宓不是一个豪爽的人,且毫无幽默感。但他却是大度、真诚的君子。""人以群分、物以类聚"。吴宓先生真诚、大度,钱钟书也同样磊落、坦荡。对于"青出于蓝而胜于蓝"的学生,吴宓老师坦然表示佩服,一再宽容谦让,足以表现出他心胸坦荡,爱才容物。这在当时和现在的社会,都

是极难得的宰相肚量、君子修为。虽然，钱钟书在学问、成就上，远远超过自己的老师吴宓，但他在《吴宓日记》的《序》中，谦恭地写道："我愿永远列名吴先生弟子之列中。"师生各自的人格风范，跃然纸上，呈现在读者眼前。

奔跑的花香

我想，无论是谁接着住进来，都该好好地呵护这些花。美是属于一切人的，也需要一切人来呵护。有时，一枝玫瑰会拯救一场爱情；有时，一束康乃馨会安慰母亲苍老的心。

137

受用一生的财富

鲁小莫

去采访一位企业老总之前,我做了一些准备,想写他在商海中如何高瞻远瞩,处变不惊,运筹帷幄,决胜千里。这些东西,总能让人折服。这位个头不高的老总却不随着我的思路走,他另外讲了一些故事。

小时候家里穷,他与寡居的母亲相依为命。他们住在大山下,山上长满松树。秋天,松树结满果实。这些松果,是可以摘来卖钱的。附近一家砖厂收购,五分钱一斤。他和小伙伴像猴子一样爬到树上,不顾松针扎痛脸与胳膊,飞快地摘着。松果摘回来,摊在院子里晒干,再背到砖场去卖。一个秋天下来,虽然松果卖不了太多的钱,却可以换来一些油盐。他很高兴,母亲也欣慰。

渐渐地,他发现一些窍门。别人在卖松果时,总是混些石块。石块是黑色的,一袋松果混进三五斤石块,很难被发现。即使发现,砖厂里的人也不多计较。他很高兴,也开始效仿。这样,他的收入比以前多了一些。

母亲不知晓这些。他把增多的收入交给母亲时,母亲只当是他能干。换油盐时,顺便给他买了几块糖果。他一高兴,就把真相说了出来。母亲愣住了,看了他半天,然后拉起他的手,就往砖厂方向走。母亲要把多余的钱还给人家。他说什么也不肯去,流着眼泪,却被母亲紧紧拽着。他搞不明白,为什么别人都可以这样做,而他不能。为什么砖厂并不计较,而母亲却要计较。他一次次往回跑,又被母亲揪回来。母亲当着他的面,把多余的钱还给了人家。

回家的路上,他仍难过地流泪。母亲叹口气,说:"孩子,做人要诚实,尤

其要对自己诚实。"他的手抄在布兜里,布兜里的几粒糖果已经失去诱惑力,而母亲的话,却掷地有声,字字敲在他心上。

高中毕业后,他没有考上大学,跟着同伴来到这座城市打工。他在皮鞋厂找到一份业务员的工作。皮鞋厂的效益并不好,大量不合格产品积压在仓库里。干了三个月,工资一分未发,他身上的钱也花得差不多了。那天,厂长叹口气,对业务员说:"库里的那些皮鞋,你们拿去卖吧,卖了钱,顶工资。"

一伙人背着皮鞋出去推销。正值冬天,天寒地冻,外面少有人来往。他们就去一家家单位推销。有的业务员口才好,能将猪皮吹成龙皮,虽然人们并不容易上当,却总可以卖出去一些,再见到同伴,脸上也就神气了许多。

他一直灰头土脸的。那天中午,他踏着厚厚的积雪,来到一家企业办公室。办公室里几个人正无所事事,凑在一起闲聊。他说明来意。有人问:你们的皮鞋,能穿三年吗?他沉默一会儿,答:不能。又问:能穿两年吗?他答:不能。再问:能穿一年吗?他想了一会儿,用比蚊子还小的声音答:能穿三个月。一屋子人哄然大笑。那天他衣着单薄,浑身冷得直打哆嗦,可在众人的哄笑中,他满脸通红。

他往外走,落魄的像一只狗。他已经两天没吃东西了。此刻,只觉得眼前金星四溅,还没走出大门,"轰"的一声,他晕倒了。

醒来是在这家企业的办公室里。有人给他灌了糖水。他睁开眼睛第一件事,就是想尽快地逃离,却被人按住。有人说:"小伙子,我们这里需要一名保安,月薪五百,你愿意干吗?"他简直不敢相信自己的耳朵,他搞不清楚天上为什么会掉馅饼。

其实那一天,已经有业务员来过了。他们把皮鞋吹得天花乱坠,人家并不上当,他们一样被讥笑着离开。过一会儿,他来了。大家准备再拿他开心一次,没想到,这次却让他们感觉沉重。

他不知道这些,只怕人家会变卦,忙不迭地点头,说:"我这就回原单位辞职。"

　　他把情况跟皮鞋厂的厂长说了。厂长沉默很久，说："我想留下你，在质检科干，只是工资比他们给得少，你愿不愿意？"他惊讶地张大嘴巴，过了许久，点点头说："我愿意。"他更愿意留在质检科里，多学一些技术。

　　他就这样留在了皮鞋厂。第二年，他被提升为质检科副科长，后来，是业务科长、副厂长，再过几年，老厂长退位让贤，他做了厂长。老厂长退休时说的话令他记忆犹新。老厂长说："知道为什么你一再得到重用吗？因为你的诚实。在一个人所有的品质当中，诚实是最重要的。人是这样，一个企业，也是这样。"他一愣，想起小时候母亲的话，他的眼睛湿润了。

　　他上任后，正值国企改制。他大刀阔斧地改革，创新，不断引进新技术。几年下来，他的产品被人口口相传，不但在本地大开销路，在全国也走上了著名品牌的道路。不仅如此，集团公司的规划也在不断扩大。现在，下辖房地产、皮具等多个行业。每一个行业都做得有声有色。

　　我有些奇怪。这个其貌不扬的男人只用几句话，就将公司的发展讲完了。他仿佛看透了我的心思，又说："时间越久，我越能理解老厂长的话，为什么诚实是一个人最重要的品质。一个人行为诚实了，他的内心才会正确对待自己的付出与收获，而不是投机取巧，自欺欺人。真正的付出与收获永远成正比，人是这样，一个企业也是这样。"

　　我的记录本上不落一字，而此刻，我的心情却有诸多感慨与钦佩。他却一脸的谦虚，沉默了一会儿，他说："走投无路的时候，我曾怨过母亲，觉得她不能像别的母亲那样，给孩子以富足的生活，却固执地坚持做人要诚实。现在我明白了，母亲给了我最重要的品质，那是我一生受用不尽的财富。"

奔跑的花香

朱成玉

因为工作关系，我在单位附近临时租了一间房子，房子虽简陋，却不乏雅致，窗台上摆满了各式各样的鲜花。想必房东是个爱花之人，只是不知什么原因，房子空得太久，花也很久没人照应了，一个个颓丧地耷拉着脑袋，对阳光不理不睬，对新来的主人不理不睬。我对花草无甚兴致，就想把它们全都清除掉，妻子阻挠说："这里环境不好，养几盆花能让空气清新一些。"

妻是个喜花爱草的人，弄了些松软的肥土，把花们挨个移植到新的环境中去，在她的精心侍弄下，奄奄一息的花们渐渐抖擞起精神来。

我对此颇为不屑，心想没必要替别人养着这些花，妻不同意这种看法，她说倒是应该感谢房东留下的这些花，让她有了一份好心情。不管我如何冷言冷语，妻照常我行我素。每天睁开眼睛的第一件事就是去为花们洗脸、梳妆打扮，乐此不疲。

妻要出门几天，临走的时候特意叮嘱我一定要照看好那些花，而且每天晚上给我打电话时都要问上两句，譬如"给花浇水了吗？""有没有花开"之类的话，听得两耳都生出了茧子。妻子有命不得不从，我只好从宝贵的业余时间里挤出时间来照看那些花。可是它们实在太娇弱了，有一盆叫不上名字的花又开始萎靡不振，耷拉着脑袋，对我不理不睬，对阳光不理不睬了。我怕妻怪罪，就偷偷地将它扔进了垃圾堆。

妻回来，看见她的花个个精神饱满、意气风发的样子，便用甜言蜜语奖赏我，几秒钟后妻发现少了一盆花，便扯着脖子喊道："那盆兰草哪儿去了？"

我想撒谎说送人了，可是妻的眼睛咄咄逼人。我像一个做了错事的孩子，不敢看她的眼睛。

妻在垃圾堆里找到了那盆花，令人惊讶的是，那盆花不但没死，而且开出了极灿烂的小花。妻小心翼翼地在垃圾堆里扒来扒去，万幸的是，它竟然完好无损地在我们面前绽放着笑脸。

"我以为……"我吞吞吐吐地说，"它活不成了。"

"有心栽花花不活，"妻忽发感慨，"人还有打蔫的时候，何况是花。它叫兰草，生命力强着呢，你看，就算在垃圾堆里，它一样能开出灿烂的花来！"

原来这就是兰草，我有些莫名的感动起来。我想到了妻。

妻是个环卫工人，每天早晨天还没亮就去扫那条又长又宽的大街。我曾想过托关系给她调换个工作，她不肯。"习惯了，"妻总说，"看着自己把大街扫得干干净净，心也跟着干净、宽敞了。"我拗不过她，只好作罢。现在想想，妻不就是那盆兰草吗？平凡而普通，却静静地散发着属于自己的芳香。

我有些喜欢那些花了。现在我知道了它们的名字，知道了它们的喜怒哀乐，仙人球、仙人剑喜旱，阳光充足之地便是它们的天堂。绣球、蝴蝶梅、刺玫和灯笼则习性平和，那些犄角旮旯就成了它们的"五星级宾馆"。我和妻依着它们的习性，精心呵护着它们。因为这些鲜花，我们的窗台充满了生机。蜜蜂们经不住花香的诱惑，流着口水成群结队地赶来，多情的蝴蝶也一双一对地翩然而至……

现在想想，养花还是有些好处的。在生活里放上几盆鲜花，阳光就会永远眷恋而又缠绵，在婚姻里放上几盆鲜花，会让爱情永远芳香怡人。这个城市的公园化建设正迅速地展开，在市中心，在公路两边，我们随处可以闻到花的芳香，随处可以目睹花的绽放，在忙忙碌碌的尘世，在奔跑的街道，这未尝不是一种慰藉，一种止住灵魂疼痛的摩挲。

因为工作关系，我们又要搬走了。临走前，细心的妻找来一块木板立在花盆前，在上面写下：请照看好这些花！

我想，不管是谁接着住进来，都该好好地呵护这些花。美是属于一切人

的,也需要一切人来呵护。有时,一枝玫瑰会拯救一场爱情;有时,一束康乃馨会安慰母亲苍老的心。

似乎是为了感激我们这些日子对它们的厚爱,就在我们搬家的那天早晨,一盆月季开出了两朵花,白色的那朵像沉睡的雪,红色的那朵像燃烧的火,我轻轻地捧着,嗅来嗅去。被妻看见了,她取笑我,说我现在的样子简直是个花痴。

不要那么早吵醒太阳

朱成玉

爸爸,明天我一定会比太阳起得早,相信我!

女儿临睡前,一再向我保证。满脸的兴奋,牵动着心里的一份激动,仿佛明天早上将要发生一件惊天动地的事情似的。

她想比太阳起得早,是因为她的心底藏着一个小小的"阴谋"。

在外地工作的妻子刚刚跟我透露了女儿的这个小小的"阴谋":她只是想在父亲节的早上,为我做一次早餐。

女儿只有八岁,却是少有的乖巧懂事。和她妈妈煲"电话粥"的时候听她妈妈说起明天是父亲节,她妈妈问她准备送给爸爸什么礼物,她想了老半天,才想到了这个"惊天动地的壮举"。

我看到她背对着我,偷偷地给闹钟定了时,然后如释重负一般对我说,爸爸晚安。

晚安。我为她盖好被子,然后坐到电脑桌旁,继续构思我的小说。

小说的情节进展得很顺利,不知不觉天已经有些蒙蒙发亮。我想我必须要睡下了,我要让女儿的"阴谋"得逞。

我把面包和煮好的鸡蛋放到了案板上,把暖瓶里装满开水,奶粉和糖也放到了她伸手就能够到的地方,我想尽量让她的早餐做得容易些。然后,我小心翼翼地躺到她身边,故意轻轻地碰醒她,然后眯着眼睛佯装睡着,脸上满是幸福的微笑。就听见她在那里打着哈欠,轻轻地自言自语,差点睡过头啦。然后看见她的第一个动作就是拿起闹钟,将它关闭。

她蹑手蹑脚地在厨房里忙活着,尽量不弄出声响。我知道,她做的这一切，都只是想让我多睡会儿。我看过她最近写的几篇日记，几乎每篇都写到了我。她写道："爸爸又熬夜写小说了。每次天蒙蒙亮的时候，他才会躺下休息，他的睡眠只有可怜的三个小时，然后就要接着为我做早餐，送我上学。爸爸真辛苦。"她还写道："妈妈在外地上班，都是爸爸一个人照顾我，看来我得多学点本事了，不能老让爸爸操心。"她又写道："爸爸，你都瘦了。我还是喜欢胖乎乎的你，喜欢叫你大肚子蝈蝈爸爸。"

我还喜欢她作文里的那个开头："我的爸爸肚子很大，我嘲笑他，他却说他的肚子里装了家国天下；我的爸爸腰很粗，我嘲笑他，他却说他腹有诗书气自华。爸爸，你的家国天下，就是妈妈和我。因为你总是叫我们，大宝和小宝。"

我便想起我们一家人在一起的时候，我每次唤宝贝，妻子和女儿都争着回应，她们都在争我的宠爱。为了区分开来，我管她们叫大宝和小宝。大宝小宝，我上班啦。大宝小宝，我回来啦。这是我每天都在使用的，爱的语言。这是我每天都在温习的，爱的功课。

记得有一次，女儿突然像个小大人似的，一本正经地问我，如果有一天我们都从这个世界上消失了，会变成什么呢？我说我会变成一朵云，她便嚷嚷着说她也会变成一朵云，给我做伴；我说我会变成一棵草，她就说她要变成一滴露水，给我洗脸；我说我要变成一棵树，她就说她要变成树上的鸟，给我挠痒痒……我们拉钩，说拉钩上吊，一百年不许变。

女儿在厨房里忙活了很长时间，等她把早餐弄好，太阳已经大摇大摆地登堂入室了。她这才对着我大喊：爸爸，该起床啦。并且不无炫耀地嚷嚷着，今天我比太阳起得早吧。其实每一天太阳出来的时候，我都会早早醒来，没有人比我更早地见到太阳。但今天我必须躺下，今天，我不要做那个第一个见到太阳的人。

是啊，比太阳起得早，我伸着懒腰，应和着她。可是，你应该早点叫醒我。我故意"埋怨"她。她说，我不想那么早吵醒太阳，我想让爸爸多睡会儿。在女儿眼里，我是她的太阳。在我眼里，女儿是我的太阳。我们互相照耀,彼此温暖。

爸爸,今天我学会做饭了,明天就能学会洗衣服,妈妈不在身边,我也能照顾你。那是女儿给我的最好的父亲节礼物!

我推开窗子,看到的是多么清新,多么美好的早晨啊!窗外的树叶上,露珠还在酣睡,一时半会儿还没有醒来的意思。一切都是那么安谧、幸福。包括窗沿上慢慢爬着的小虫,仿佛都是那么有节奏感地在扭动腰身,我似乎听到了它们在轻轻地哼着欢快的曲调。

这么小的屋子,这么小的窗口,却是我浩瀚如海洋的世界。

好人不打折

赵经纬

　　出租车司机陈大兴不久前撞了个红运。那天，陈大兴到医院去送一位乘客，调头返回时，不慎撞上了站牌旁的垃圾箱。陈大兴下车一看，站牌下放着一个黑色的皮包，他迅速地捡了起来。到了车里，打开皮包，陈大兴一惊：里面放着一个活期存折，存折上整整有两万块呢！陈大兴心头一阵狂喜，有了这笔钱，妻子的病就有救了！

　　到了家里，陈大兴看见躺在床上面色苍白，虚弱不堪的妻子，心疼起来。妻子检查出病来已经快一个月了，医生说能治，但手术费不低，要两万块。陈大兴只不过是一个普通的出租车司机，收入有限，手头目前只有一万余元，所以，手术便推迟了。没想到苍天有眼，财从天降，手术费竟被自己捡回家来。陈大兴拿着存折，走到妻子床前。

　　妻子问钱是从哪儿来的，陈大兴说了事情经过。妻子一听，连连摇头说千万使不得。妻子说我的病来得及治，不着急。可人家丢了钱的现在指不定多急呢！妻子让陈大兴赶紧拿钱去交公。陈大兴心里一阵说不出来的滋味。他既为自己的能力低微感到自责，更为妻子的深明大义而感动。陈大兴空欢喜一场，第二天一大早就将存折连同皮包一起交到了警察局。

　　过了几天，陈大兴开车回出租车公司时，被艾经理叫住。艾经理说有位失主来找过陈大兴，说是要好好感谢感谢他，只是左等右等也没等到陈大兴，就先走了，留下了一封感谢信。陈大兴接过感谢信一看，原来丢钱的失主已经拿到了失而复得的那笔钱，非常激动，本来要面见陈大兴表示感谢，但由于陈大兴不在，而且自己也有急事，就先走了，还说以后一定再见。落款人是欧阳生。

陈大兴的事很快就被艾经理传开了。艾经理还在公告栏里专门给陈大兴做了个专题,赞扬陈大兴是模范司机,号召大家学习他的精神。

陈大兴当了模范,既欣慰又辛酸。欣慰的是自己的好人总算没有白当,辛酸的是模范又不能当钱花。妻子眼看一天比一天憔悴,可手术费还差四五千。陈大兴暗下决心,就是不吃不喝,也要把钱攒够。于是陈大兴强打起精神,昼夜出车。

街灯闪烁,暗夜无眠。已经快到午夜十二点了,陈大兴还在本已不太忙碌的街头穿行。陈大兴又驱车来到了捡钱的那个医院门口。这里是本市最好的一家医院,妻子的希望就寄托在这里了。走到这里,陈大兴的心里还有一种幻想,要是能再捡到钱该多好啊。

在陈大兴走神儿的瞬间,迎面一个路人向他招手。陈大兴打开车门,路人坐了进来。陈大兴打量了一下这人,满脸倦容,看起来疲惫不堪。陈大兴问清了去处后,就开车疾驰起来。

行了一段路,到了一片黑暗的区域。白天这里一家网吧失火,整个这片区域的供电都断了。陈大兴放慢了车速。这时,坐在副驾驶位置的乘客向陈大兴说了一句:"借支烟抽。"陈大兴掏出烟递给了乘客。乘客从烟盒中抽出了一支,点上火。陈大兴斜着眼,借着点烟时的火光,他分明看见乘客的左眼角有一处不太明显的疤痕!陈大兴心里腾地跳了一下,坏了,自己遇上坏人了!也许真是好人没好报吧,自己今天恐怕就要遭抢劫了!自己今天的辛苦也许就要白费了!

陈大兴心里这样想着,就走了神儿,车子跑偏了。那个疤面人大叫一声:"不好!"陈大兴这才手忙脚乱地把车开到了正道。疤面人说:"你好好开车!"接着拿起跟陈大兴借的烟盒,径直伸手塞到陈大兴的衣兜里。

陈大兴在疤面人把手伸到衣兜的一刹那,头顶冒出了冷汗!他感觉到疤面人的手触碰到了自己的钱包,而自己辛苦一天跑来的几百块就装在衣兜内的钱包里!

陈大兴慌了一会儿，但他很快镇定了，一种对妻子的责任与爱心让他镇定了。陈大兴在镇定中横下了一条心：今天就是把命搭上也绝不能让歹徒把钱抢走。陈大兴一手开车，一手摸向坐垫后的水果刀。这是陈大兴为了防身准备的，没想到今天真的派上了用场。

陈大兴把水果刀紧紧地握在手里。猛地，陈大兴一手熄了车，一手把刀顶在疤面人的身后，声嘶力竭地大叫："快点把钱包放进我的衣兜！快点！"疤面人一听陈大兴突如其来的大叫，竟吓得面色惨白，一边嘴角颤抖着说："好……好……"一边把一个黑色的钱包塞进了陈大兴的衣兜。陈大兴又大叫一声："滚下去！"疤面人跌跌撞撞地开门下车，陈大兴一踩油门消失在夜幕中。

好一场虚惊。回了家，陈大兴把自己刚才的遭遇讲给妻子听。妻子的眼角流了泪。陈大兴一边安慰妻子一边摸出自己的钱包。这一摸，让陈大兴又大吃一惊：自己竟然摸出了两个钱包！陈大兴一看，自己的钱包好端端地还在，而另一个钱包无疑是那个疤面人的！陈大兴打开疤面人的钱包，发现里面有两千块现金，还有一个身份证，身份证上的名字竟是欧阳生！竟是上次丢存折的那个失主！陈大兴心里乱了套，自己鬼使神差地竟然成了抢劫犯！

陈大兴和妻子商量，这事没有别人知道，咱就"眯"了吧。就当是他给咱的感谢费。没想到陈大兴的话刚一说完，妻子当即用虚弱的手掌给了他一记耳光！妻子说，咱错第一步，是不知情；可如果再错，那就是明知故犯了。咱捡了人家的钱都能还给人家，咱哪能"抢"人家的钱呢！

第二天一早，陈大兴拿着欧阳生的钱包，径自去了公司找艾经理。因为艾经理见过失主欧阳生，陈大兴想请艾经理帮忙当面解释清楚。没想到，推开艾经理办公室屋门的一刹那，陈大兴分明看见那个失主，那个"疤面歹徒"，那个被"抢"的人欧阳生竟坐在屋里！

陈大兴一时不知所措。但欧阳生却好像并不认识陈大兴似的。艾经理忙着介绍，说这位就是司机陈大兴，这位就是失主欧阳生。欧阳生听了艾经

理的介绍，赶忙起身，拉住陈大兴的手，说："你真是个好人。"接着，欧阳生讲出了让陈大兴更为吃惊的事。原来，欧阳生是本市那家大医院的主刀医生。最近，做手术的人很多，所以自己一直想去陈大兴家当面表示感谢却始终不得机会。昨天白天，本来有空，于是自己就去银行取了两千块现金，想去找陈大兴。可是医院又打来电话，说有了新病人，欧阳生就只好回了医院，做手术忙到夜里十一点钟。没想到做完手术回家途中惨遭抢劫！欧阳生记下了车牌号，知道是这个公司的车，知道是恩人公司的车，所以不想坏了公司的名声，就先来公司和艾经理说明情况。

陈大兴听完后，马上从兜里掏出两个钱包。陈大兴将自己当时在车上为了保住给妻子治病的救命钱时的心情和对欧阳生的误会解释了一番。欧阳生听后，又紧紧地拉住了陈大兴的双手，叫了一声："好哥哥，你辛苦了。你放心，嫂子的病就由我亲自来为她主刀！"

艾经理看着眼前的两个人，不禁感叹道："两个好人啊！一个拾金不昧，一个知恩图报。"艾经理当即拍板，所有的医疗费都由公司来出。

陈大兴热泪盈眶。他知道，自己的这个"好人"是有些"杂质"的。欧阳医生，艾经理，还有妻子，他们才算是真正的好人。庆幸的是，好人有好报，妻子终于有救了！

陈大兴飞驰回家，他恨不得马上把这个好消息告诉妻子。回家的路上，陈大兴又下定一个决心，从今以后，自己一定要当好模范司机，一定要不折不扣地做一个好人！

失望拐角上的希望之花

李红都

　　去省里开残代会，同行的代表中有位和我一样的听障女子。当肢残人代表主动跟我们交流的时候，我的弱点便暴露了——他们语速太快，口型也不是我熟悉的那类标准普通话口型，我木讷地坐在那里，根本接不上话。而她，仍应对从容，交谈显得轻松愉快。

　　我问她怎么能看懂那么多不同的口型？她笑着摇摇头，表示："我不需要看口型，他们说话，我听得很清楚。"说着，她用手拨开右耳后的长发，一段黑色导线连着一块硬币大小的导体正固定在她耳郭后面。原来，她植入了电子耳蜗。

　　见我感兴趣，她慢慢地给我讲了她的康复故事。

　　她一岁多就因注射抗生素导致双耳失聪，之后，她配上助听器学说话，但是随着成长，听力开始不明原因地日渐下降，到了 12 岁，佩戴最大功率的助听器，都无法提升她的听力。束手无策的父亲只好带她去北京寻找康复的希望。

　　在那家权威医院的耳鼻喉科，有另外几位聋儿也跟着各自的父母来此求医。大夫如实告诉他们植入电子耳蜗的利弊：如果手术成功，患儿听力将大幅提高，接近正常。但安装电子耳蜗不仅费用昂贵，并且风险较大，万一失败，可能听力状况比手术前还糟。

　　没人敢保证手术是百分之百的成功，一旦手术失败，不仅给家庭带来巨大的经济压力，并且孩子原有的一点点听力也会消失殆尽。很多家长考虑到孩子尚有微弱的残存听力，不敢冒险，犹豫再三，最终放弃了手术。唯有

她的父亲顶着巨大的压力,签下了手术协议书。

手术那天,她的父亲用笔在纸上写了一段话:"孩子,躺在床上,别动,大夫给你打一针,你就睡吧,睡醒了,就能听到爸爸的声音了。"

"真的吗?"她睁大了眼睛盯着父亲。看到父亲和站在一旁的大夫都肯定地冲她点点头,她高兴极了,顺从着躺了下来。

打过一针后,她很快就睡着了。醒来后,睁眼就看到爸爸红肿着眼,正焦急地看着她。见她醒了,父亲连连叫着她的小名,她惊喜地答应着——她实在太高兴了,爸爸没骗她,果真是睡了一觉后,就听到了爸爸的声音。

靠着植入耳内的电子耳蜗,她像健听人一样顺利地考上了大学,找到了一份满意的工作,甚至还考取了驾照,而当年听力比她稍好些的聋儿,因为家长担心手术失败让孩子丧失残存听力,在犹豫中,错过了做那个手术最佳的年龄段。

她说自己很幸运,当时她的听力在那些孩子当中是最差的,父亲选择给她冒险做耳蜗植入术也是万不得已的决定——再大的声音,也激不起她一点的听觉反应,反正都是最坏的状况了,还能坏到哪儿去?

她的话,令我感慨。是啊,如果她还有残存的听力,她的父亲可能就下不了那么大的决心了,她的命运,可能也像我们这些中、重度的听障人一样,至今挣扎在难以与人正常沟通的苦恼中。

有一位亲友,几年前在一家企业做文员。单位效益很差,但那是有编制的正式工作,并且他好不容易才从车间调进科室,工作体面而清闲,只是工资太低了。他也一度考虑过辞职,却又舍不得,怕再也找不到这么轻松体面的工作,更怕以后成了社会上的"自由人",失去最起码的生活保障。他自嘲道,妻子一直没有正式工作,孩子还在上中学,他要是再没工作,这个家还怎么过呢?

但是,仿佛越怕什么,越易发生什么似的。单位改制,他们那个终年难以赢利、总拖公司后腿的部门被公司精简下来,拿到一笔工龄买断金后,他成了没有单位的"自由人"。

那一刻,他觉得天都塌了,再没有比这更糟的事了。他把自己关在屋里喝了两天闷酒,最后决定豁出去——用那笔买断金购进了一些器材,凭着他多年前在车间做电工的经验,做起了代销五金器材和埋线、走线的生意。

没想到,不到半年,他就收回了成本,生意好的时候,一天的收入能超过他当年在单位一个月的工资。尽管他比以前劳累多了,没了节假日、礼拜天,但物质和精神生活却比以前丰裕得多。现在,他和妻子正商量准备把房子换成大的,再贷款买一辆私家车。

闲聊时,他说:"有些成功,真不敢想象……如果没有那次减员风波,我也不敢破釜沉舟地开始创业。"我乐了:"不逼你一把,你就不会知道你原来可以这么优秀。"

人生,或许就是这么富有戏剧性。当我们陷入最糟糕的状况中时,肯定会生出伤感、烦恼、无助等灰色情绪,但是,无论如何,请振作精神,理智地接受眼前的窘迫,积极行动起来。因为,可能正是这个负极点,逼着你不得不改变思维和习惯,从一个崭新的开端出发,找到"柳暗花明又一村"的喜悦,找到另一种你之前不敢想象的成功。

素年，锦时

何红雨

素年，于我，亦是有阳光有音乐有咖啡有快乐的，只不过，那些属于素年之中的阳光、音乐、咖啡和快乐，有些素淡的模样罢了。

于是，我常想，是不是因为这些光阴的素淡，所以，那些属于我的素年便也愈加素淡起来了？

其实，我却并不会因为这样的素淡而讨厌这些时光，只是在过去的那些素淡的时光中，我还并不知晓，其实，人生之中的那些素年，也许才是最好的一段光阴吧。

锦时，于我，是分外短暂的。犹记得，在那样的秋日午后，天空无限晴朗。而我的一颗少女的心呀，便也在那样的晴朗、高远和辽阔中，变得聒噪起来。

那天下午本是有课的。可是就因为自己并不喜欢那两节课，也并不甘心于只让那颗少女的心一再地兀自聒噪，我便出发了。那样的出发，是带着逃避意味的。当然，这逃避的意味也因了当时年轻聒噪的少女之心而显得激越和动荡起来。甚至，是有着一些不安和刺激的。

那天，我叫了同寝室的帆一起出行。一路骑着单车，一路欢唱着我们那个年代流行的歌曲，齐秦或者苏芮。我们其实也并不懂得齐秦和苏芮于情感之中的疼痛和忧郁，只是喜欢和眷恋着，并且一遍遍地唱着。虽然歌唱得已经走了调，但是仍旧欢喜和感动着。

那个秋日的午后里，我和帆一直将车子骑得老远老远。

穿过一片玉米地，也穿过一片美丽盛放的向日葵，后来，便是一片不浓

亦不密的小树林。树林里有非常散漫的野花，不知名，但却分外执着和自恋地开着。因是前一天才刚刚落了一场秋雨，所以，那并不算大的小树林里竟然也长了地软——深绿又灰黑的颜色，非常薄亦非常软的一层，就那样覆盖于小树林的落叶之上。帆大概是第一次见到真正的地软，兴奋地雀跃起来。当我告诉她，我们常吃的地软包子就是用它们加工而成的，她愈加欢快起来。我想，即使时光再前进半个世纪，我也依然可以清晰地记得帆当时欢快激动的模样。我们当时弯腰去捡拾了一些地软，本是打算捡拾一些拿回家给母亲来蒸包子的，但后来，却忽然想到，倘若母亲问到这些地软的来历，那么，我们又该如何回答……我们只好放弃了将捡拾到的地软带回家的欲念。

也自然记得在那个小树林的南边，是条清澈的小河。河水并不很深，最多才能没过我们的膝盖。而那个秋日的午后，我和帆竟然都下了河。帆告诉我，她喜欢在小河里玩耍。她说这句话的时候，就已经用双手拍打起朵朵洁白的浪花。而那些不断前涌的河水呀，并不安分地从她身边穿过，即使被她的双手不断地拍打出一朵又一朵的白色浪花来，也依然不肯懈怠地流呀流。那天，因为快乐，我竟然还异想天开地在小河中洗了头发。当我把长长的乌发放入流动的河水中时，我仿佛感觉自己那刻就是这个世间最最幸福的女子了。不是吗？你瞧，有这么美丽、这么纯净、这么欢快的河水肯以它婉转的歌喉为我唱一首首歌，而它也那么心甘情愿地为我洗濯着我的一头长长且乌黑浓密的秀发。

我和帆那天一直玩到天色近黑，才恋恋不舍地骑车返回。转身告别小河和小树林的时候，我们都那么难过，甚至还流下了即使考试不及格也不会落下的眼泪。

我们以为返回学校必定会遭到老师的训斥，但没想到，班主任尚老师在看到逃课晚归的我们时，不但没有训斥我们，还亲手为我们盛了一碗黄灿灿的小米粥，还有她亲手炒的麻婆豆腐。她还端出了一小碟咸菜来。记得我和帆最初不敢吃那豆腐，也不敢喝那粥。可是，尚老师却无比温存、无比可亲地说，吃吧，也好好地喝粥，知道你们肯定饿了，也累了。吃好喝好，好去

休息……

或许，每个人的一生中，都会有最难忘、最美好的事情发生，也或者这样美好、难忘的事情是发生在她的学生时代，更或者是她生命之中的其他时段——而我和帆生命之中最美好、最难忘的事情，却发生在那一天。

我和帆吃饱喝足之后，便同尚老师说了再见。在我和帆一路走回寝室之时，我们还在窃窃私语——也许，明天，她会叫来我们的爸爸妈妈。也许，明天我们会被打骂的。

可是自始至终，我们都没有等来父母因此事的打骂。那次逃课事件就好像从来没有发生过一样。

只是在学期结束的时候，尚老师叫我和帆去了她的办公室。仍旧清晰地记得她慈爱和蔼地对我们说："你们会渐渐长大懂事的，再别逃课出去玩了。虽然，我也理解你们处在这个年龄段，是极难抵御外界的一些诱惑的，但是，你们必须学会抵御那些诱惑，走好你们的人生之路……"

在我和帆大学毕业之后的某天，我们再次说到尚老师，便决定结伴回小镇去看望她。谁知，我们回去看到的，却是尚老师躺在荒野之中的一块墓碑。

尚老师走了。她是患病离开这个世界的。胃癌夺走了她的生命。病因是她多年不好的饮食习惯。当然，后来我们才知道，她之所以会患上胃癌，完全是因为她多年都在支持帮助一名孤儿，使他不至于辍学。后来，这个孤儿以非常优异的成绩考入了复旦大学。

燕子归来的春天里，我约帆在清明那天一起去看望尚老师。在电话中，帆情不自禁地哭泣起来，她声音哽咽着说："如果，每个人的生命之中都有非常明晰的素年锦时，那么，有尚老师在身边的那些时光，当是我们生命中的锦时了。"

"当然。当然是呀！"我在电话中，这样肯定地说。

温热的泪水，亦在那刻，兀自地漫溢出眼眶。

心是一眼幸福泉

张燕峰

我曾多次参加山城义工组织的活动，在那里有幸结识了刘姐。

刘姐做事手脚麻利，说话和风细雨，脸上总是荡漾着亲切迷人的微笑，义工们一致认为刘姐是个幸福指数最高的女人。

后来，听知情人说，刘姐其实是个苦命人，人生的诸多不幸，她都遭遇过，经历过。

五岁时，刘姐的妈妈患胃癌去世，只留下她与爹爹相依为命。从此，爹爹视她为命根子，怕女儿有了后妈受气，尽管媒人踏破门槛，但最终拒绝了人们的好意，放弃再娶。一个大男人，又当爹又当娘，含辛茹苦，把刘姐拉扯大，其间的艰辛，可想而知。

当刘姐出落成一个亭亭玉立，如出水芙蓉般的大姑娘时，爹爹四处托人，十里八村，到处求人说媒。不仅如此，爹爹还实地考察，终于为女儿觅得佳偶。

小伙子朴实能干，对刘姐体贴入微，对爹爹也很孝顺，子孝亲慈，一家人其乐融融。人们都说，刘姐和爹爹真是苦尽甘来，上天赐给刘姐这样一个好丈夫，一定是对她幼年丧母凄凉的童年生活的补偿。对此，刘姐和爹爹也深信不疑。

一年后，刘姐喜得一子，初为人母，刘姐又惊喜又慌乱，幸亏有爹爹帮忙打理，日子过得倒也井井有条。而老公的小生意做得更是风生水起，蒸蒸日上。爹爹终日抱着外孙，喜得合不拢嘴。

幸福似乎总是稍纵即逝，那些盛满蜜糖的日子更像是缠绕在指尖的一

缕清风，眨眼工夫，就不见了踪影。好景不长，灾难就像一个邪恶的魔鬼，再次偷偷地袭击了这个温馨祥和的小家庭。一日晚上，刘姐在外忙碌了一整天的老公，急于回家与妻儿欢聚，骑着摩托车，一不小心撞在了停靠在路边的大卡车上，当场毙命。

这场不幸犹如晴天霹雳，一下子压垮了刘姐的爹爹，老人家半生辛劳，本想安度晚年，尽享天伦，没有想到再度遭到致命的打击。看看女儿，雨打梨花，柔弱凄楚，再看外孙，三岁娇儿，懵懂无知。老人家心如刀绞，竟一病不起，不久便撒手人寰。

不出三个月，竟然痛失两位亲人，人们都为刘姐捏了把汗。没有想到，这个柔弱的女子，擦干了眼泪，挺直了纤细的身躯，又当爹，又当娘，殚精竭虑，把全部的心思都用在培育儿子上。她在小餐馆洗过盘子，在工地上搬过砖做过小工，在有钱人家做过保姆。总之，吃尽了苦头。

儿子也争气，高中毕业顺利考上了大学。由于从小受到艰苦生活的磨砺，刘姐的儿子特别懂事能干，大二时进了学生会。儿子优秀，刘姐引以为荣，整日神清气爽，喜滋滋的。

天妒英才。没有想到，灾难再次悄然降临，刘姐的儿子在一次外出活动中，出了车祸，风华正茂的他不幸罹难。

人们想，再度遭遇灭顶之灾，不啻天塌地陷，没有了儿子这个精神支柱，这个可怜的女人，以后的日子可怎么过……

三个月后，刘姐挺了过来，人虽然又黑又瘦，精神却没有垮掉。从此，无牵无挂、孑然一身的她便参加了义工组织，一有空闲，便出入养老院和孤儿院。大家又看到她终日忙忙碌碌的身影，渐渐地，又听到了她爽朗的笑声，再后来，就看到了这个闪着阳光般温暖迷人光芒的幸福女人。

一日，我忍不住好奇，悄悄问道："刘姐，有什么神秘的力量在支撑着你？"

刘姐笑道："心是一眼幸福泉。首先人要知足，虽然亲人们陪伴我的日子很少，但他们在我的生命里一一来过。他们给予我的爱和快乐一点都不

159

比别人少,他们的爱是浓缩了的爱,我的快乐是浓缩了的快乐,这些爱和快乐浓度是那样高,足以支撑着我迈过生命中一道又一道的坎儿;其次人要心存感恩,在失去亲人们的灰暗岁月里,我悲痛绝望,但邻居们、朋友们还有那些熟悉或不熟悉的人们,总是尽其所能地帮助我,鼓励我,与我共渡难关;最后,人还要有悲悯之心,正是经历了这些不幸,我更能体察到他人的悲喜。现在我做义工,也算是推己及人,对社会的一种回报吧。"

望着这个命运多舛却坚强乐观、大爱无私的女人,我心里充满了虔诚的敬意:是啊,心是一眼幸福泉。一个人只要心里洒满阳光,生活就没有阴暗的角落。

最受欢迎的应届生

张宏涛

　　他是一个很腼腆的孩子，既没有高大英俊的相貌，也没有华丽的文采和口才。一句话，他就是一个普普通通的应届毕业生。他的专业是自己兴趣并不太大的商务英语。再过一个月就要毕业了，面对严峻的就业环境，他压力很大。

　　他觉得自己实在没有什么过人之处。该找什么样的工作呢？如果能做自己最感兴趣的事情就好了。他是一个公交迷，全市所有的公交线路他都了如指掌。从小学六年级开始，他就开始关注这一方面。哪路公交车改线路了，哪辆公交车换车型了，他都会把它们记录下来。从上初中起，他就是同学们的出行顾问。无论谁想去哪里，他都能很快回答他们应该坐几路车，并在哪里换乘另外一路车。可惜大学没有出行顾问这种专业，在父母的建议下，他才选择了商务英语这个专业。

　　如今，该找工作了。他的特长能帮到他吗？他有点忐忑不安。毕竟，好像没有这类工作。而需要他这个专业的公司，似乎也很少。他此前也去过一些招聘会，但都没有什么特别收获。

　　这时，机会来了，邻市一个现场招聘的节目通过了他的申请，他可以到现场去求职。他想：即便没有被录取，至少他有机会展示自己的特长。也许，通过节目看到他的特长后，会有需要他的公司联系他吧。

　　抱着这样的心思，他去了节目现场。现场果然只有一家旅游公司有合适他的职位——旅游体验师，但是，他的文笔不够好，恐怕不能把旅游的种种美妙感受表达出来。想到这里，他很担心。

主持人问他有什么才艺，他就把自己事先想好的答词背了出来："我是公交迷，对公交车和铁路有研究，能通过公交车的密集程度，来确定这个区域的商业化发展和你这个区域的成熟化程度。"

主持人显然来了兴趣，想现场考考他，因为他是北京人，主持人就问他："从国贸到旧鼓楼大街该怎么乘车？"他不假思索地回答："在国贸坐1路公交车，到天安门东，换乘82路，就可以到达。"主持人再问："那从国贸出发，到营慧寺呢？"他同样不假思索地回答："先坐地铁一号线，这样比较快。坐到五棵松站下车，然后再换乘运通113线就能到达。"

这两次回答后，台上12个老板的情绪都被调动起来，他们开始争先恐后地向他提问。他有问必答，不但如报菜名般，行云流水地按顺序报了一大堆地铁站点名字，还应一位老板的要求，给一对情侣设计了一个在北京一日游的路线。

这下热闹了，虽然众多老总本来没打算招聘这种岗位的员工，公司里也没有他想要的岗位，但他们却不约而同地向他发出了热情的邀请。这些老总们个个都绞尽脑汁，在现场因人设岗，给他非常好的职位和待遇，只为留住他这个人才。这些职位都太好了，他做梦都不敢想。

他只是一个应届毕业生，没有背景，没有社会资源，也没有任何工作经验，只是熟悉本市的公交线路而已。众多老总们为什么要不约而同地争抢他呢？

主持人说得好："任何公司都青睐专业化的人才。只要这个人对专业有足够的专业知识，专业领悟力和专业激情，就不愁找不到好工作。"

一个老总也说："很多用人单位不招应届大学生，不只是因为他们缺乏工作经验，更主要的是，他们缺乏一种精神，缺乏对一件事情的专注和投入。而他最打动人的，就是他的敬业和那种往里钻的精神。只要有这种精神，无论在哪个行业，都能干出一番成绩。"

最终，他选择了一家他感兴趣的公司。公司给出了这个没有任何工作经验的应届毕业生每月6000元的高工资。主持人问这家公司的老总："你给的薪水是不是太高了?"这个老总回答:"专业的、执着的、优秀的人才,是无价的。"

　　他就是在全国首档真人秀招聘节目《非你莫属》中被众多老总争抢的23岁应届毕业生刘辰。

　　是的,无论在哪个行业,最缺的永远都是专注的人。专注的人永远不缺机会! 不要怕没有合适的岗位,公司会为了留住你,会打造一个属于你的岗位!

要成功，先弯下张狂的腰

吕 麦

台商罗田安 30 岁时，就已经成为十几家企业的董事长。

20 世纪 80 年代初，罗田安靠倒卖牛仔裤，赚取了人生的第一桶金。1992 年，罗田安意气风发，在台湾和大陆，一口气开了十几家公司，涉及服装、餐饮、学校、建筑、证券、运输、食品、煤矿等行业，可谓是"遍地开花，全面出击"。上海的克莉丝汀蛋糕店，是他当时诸多投资中，最小的一笔。

那个时候，被业界称为"亚洲四小龙"之一的台湾，整体经济环境正处于腾飞时期。有幸踏着这个腾飞的浪潮和节拍，罗田安的财富和事业也演绎着加速度的膨胀和腾飞。他的资产迅速飙升到几个亿。三十几岁就开凯迪拉克，有很多的助理、秘书。数不清的朋友围着他转，每天都有接不完的应酬，吃饭喝酒，一掷千金……罗田安一如皇帝出行般风光奢华，呼风唤雨，不可一世。只要听说某个东西赚钱，就潇洒地一昂头、一挥手：投！

"风光"使得罗田安有些飘飘然，自我感觉颇为良好，骄傲张狂、自信大胆。可是，由于投资过于分散，第一次亚洲金融风暴来临的时候，罗田安的资金链断裂，几乎所有的投资都打了水漂。一夜之间，罗田安被"打回原形"。全家每月开支不足几百元，沦落到在贫困线上挣扎的惨状。那些昔日的"朋友"们，像躲瘟疫般躲着罗田安。

从事业的高峰一下跌入人生的谷底，怎一个痛字了得？罗田安心情灰暗至极。他经常把自己关在小屋里反省。不久，贫困潦倒的他，向母亲借了路费，孤身一人来到上海。准备重新打理所有投资中，硕果仅存的克莉丝汀蛋糕店。

然而,他刚进入生产车间,和他合伙的股东就嚷嚷着要退出,愤怒的工人更是将这个小个子老板团团围住。他们坚定地认为,这个张狂自大的败家子,肯定是来清算资产、关闭工厂的,自己的工作就要丢了,于是怀着强烈的抵触和敌意,聚到他的办公室闹事,意图将他赶走。罗田安一改往日的趾高气扬,诚恳地说服工人,自己将会一心一意,从头再来,用心经营这家企业……将信将疑的工人,这才同意他当日可以离开工厂。

翌日早上6点,罗田安来到公司,主动脱掉西装,换上工作服,带领生产部的同事清洗厕所,清洗工具,清洗环境,和店员一起吆喝广告、招揽生意,亲自去商场、超市,推销产品……大家都用狐疑的眼光看着他。罗田安暗暗告诫自己:一定要坚持弯下腰,和同事们平起平坐,以身作则,以德服人。

一年后,克莉丝汀从亏本到盈利,知名度一天比一天提升。员工们和罗田安之间有了一种信任,结成一股同心的士气和凝聚力,大家手拉手,心连心,没有怀疑,没有距离,只有一个目标,就是把克莉丝汀做好。不久,罗田安用赚来的钱,从已有去意的几个股东那里买下了所有股份,并进行了持续的增资。并将自己的家,从台湾搬到了上海,将事业的重心和全部精力,转移到这个自己投资最小的项目上。

一次偶然的机会,罗田安遇到了时任宜川购物中心总经理的朱秀萍。多年的商场经验,让罗田安觉得这个人是他事业中的孔明。于是,罗田安放下董事长的身段和男人的尊严,三顾茅庐,挖来朱秀萍担任克莉丝汀总经理。两人8年的亲密合作,终于使克莉丝汀转危为安,步入新的发展轨道。

在朱秀萍的策划下,与开店同时进行的是工厂的收购和扩建。为了满足连锁店的需求,克莉丝汀先后扩建和收购了6个生产基地,获得了一个面积约一万平方米的生产基地。一跃成为《福布斯》提名表扬的知名品牌和企业。

媒体采访时,罗田安屡屡表示,自己最后悔的事,就是当年有了资金和一些社会资源的时候,张狂骄傲,不可一世,让自己迷失了方向。他的人生曾有过遗憾,但他抓住了又一个机会,凭借着小小的蛋糕,缔造出了一个西点王国,再次迎来了人生舞台的高潮。

前十年,克莉丝汀还只有 19 家门面,而且大多经营状况不佳。现在克莉丝汀在长三角地区,已经拥有 560 多家门店,其中上海就有 400 多家。最高峰时,曾有过一天开 5 家门店的纪录。这家企业稳稳地坐上了长三角最大西点连锁企业的交椅,世界上最大的 4 家风险投资商开始关注它,不少 500 强企业希望和它成为战略合作伙伴。

也许,正因为有过去的张狂骄横,才有今天的内心再造,才懂得把自己的腰,弯下来,踏踏实实地做人,做事。

第六辑

他们都曾有过漫长的黯淡时光

　　谁能想到，世界一流的企业却是丑姑娘般的出身？其实，岂止是企业，各行各业的成功人士又有几个不曾度过漫长的黯淡时光呢？

他们都曾有过漫长的黯淡时光

张宏涛

在微博上看到一个有趣的段子——科技巨头们最初是做什么的?

答案是——诺基亚:造纸和胶鞋。三星:卖杂面和面条。任天堂:做纸牌。夏普:机械铅笔。Skype:文件共享软件 Kazaa。松下:插座和插头。惠普:阻抗式声频振荡器。Twitter:播客平台。摩托罗拉:电池代用器及汽车收音机。

这个段子让我感慨万千:谁能想到,世界一流的企业却是灰姑娘般的出身? 其实,岂止是企业,各行各业的成功人士又有几个不曾度过漫长的黯淡时光呢?

22 岁那年,住院一年半的他终于出院了,然而,他的下肢彻底瘫痪了,从此将与轮椅为伴。母亲因为照顾他而劳累过度,撒手人寰。他在一个没有任何劳保和医保的工厂干临时工,所干的活儿是在仿古家具上画山水和花鸟,这活儿他一干就是 7 个年头。7 年后,他因病失去了一个肾,连这份临时的工作也干不动了,只好在家专职写作。他就是后来感动无数读者,用生命写作的著名作家史铁生。

他从小功课就不好,初中考高中考了两次,数学只有 31 分,所以进的是条件最差的高中。第一次高考,他的数学只考了 1 分。高考落榜后,他做起蹬三轮车的工作。后来他在火车站捡到一本路遥的《人生》,看过后,他才又萌生考大学的梦想,又考了两次才勉强考上一个并不理想的大学。后来,他成为互联网业最具影响力的人物之一,他是马云。

24 岁时,他辞去公职,到被称为打工者天堂的深圳闯荡。到深圳后,他

才发现自己想得太简单了。且不说南方的气候和饮食习惯和老家很不一样,让他水土不服;单是语言就让他苦不堪言。他的普通话不标准,也不会讲广东话,和人打交道常常要用笔在本子上写,因此他饱受挫折和白眼。很多不地道的皮包公司更是让他吃尽了苦头。在这样恶劣的环境下,他度过了人生中最灰暗的三年。后来,他成为北京最大的房地产开发商,他就是中国最具影响力的25位企业家之一的潘石屹。

21岁时,为了音乐的梦想,他成了北漂一族,然而整整9年过去了,30岁的他还是一事无成,没有任何唱片公司愿意跟他签约。其间,由于他不善言谈也不肯迎合客人的喜好,常常被炒鱿鱼,屡屡被夜总会辞退,也因此过着贫困潦倒的生活,并创下了搬家50次的记录。他不甘心,不肯放弃,后来因为劳累过度,声带出了问题。手术后,他的声音变得嘶哑,再不如原来那么清澈了,但他还在坚持。一年后,他的名字传遍了大江南北,他就是被誉为"明星歌手中国内地乐坛'一哥'有力竞争者"的杨坤。

24岁的他怀着音乐梦想来到新疆,成立了音乐工作室传播新疆音乐。31岁时,他出了一张属于自己的专辑,但只卖了2000张,很多买了他专辑的人一边听一边骂:"这谁啊?五音不全还敢唱歌?还敢出专辑……"34岁那年,他的一张低成本制作的新专辑发行了,没有花一分钱宣传费,但却创下了200多万张的销售奇迹。他就是红遍大江南北、大街小巷的传奇歌手刀郎。

24岁那年,他认识了女友。27岁时,他们结婚,但他一直处在怀才不遇的阶段,他想做导演,可没合适的剧本,只好做了家庭妇男,养家糊口的责任一直是妻子在背负。结婚后整整7年,他都处于蛰居状态,朋友们都看不惯他吃软饭,劝他改行。丈母娘也劝女儿离婚。从第8年开始,他才终于开始走向成功,先后获得一些剧本奖和导演奖包括金马奖,结婚第13年,他拍出了《卧虎藏龙》,没错,他是李安。

最近夺得票房冠军的电影《白鹿原》是作家陈忠实50岁时才写完的作品。之前,他虽然小有名气,还是省作协副主席,但工资低,稿费连自己都不够用,所以一直也是靠老婆养活,家里家外的活儿也都是老婆干,受了不少外人的白眼。但《白鹿原》发表后,陈忠实终于名利双收,走向了成功。

俗话说:"英雄不问出处。"不管你过去失败过多少次,也不管你过去多么贫困潦倒,只要你现在用成绩证明了自己,大家就会由衷地欣赏和赞叹。所以,身处逆境也不要自卑,不要气馁,要知道如今的成功者大都有过黯淡无比的时光。丑小鸭变成白天鹅并非只是童话里的故事。只要你能向着梦想坚持下去,不断前进,迟早能熬出头。

看见了石头开花

张爱国

　　早春的太阳数了一天的大山，还是数不清，累了，刚坐上山头，又醉醉地滑下去。我赶紧背起三年前来时的包，悄悄踏上崎岖的山路。

　　暮色渐浓，晚风渐凉，虽然穿着厚厚的羽绒服，我却还是禁不住哆嗦着。

　　转过这座山，三年的一切就要被永远地屏遮了。我不敢回想。三年前，我是抱着何等的豪情跨进大山的啊。而如今，我却做了一名逃兵——我要逃离坚守了三年的大山和这群大山的孩子。

　　远处传来夜鸟的歌唱声，我想回头再最后看一眼，却不敢。我催促自己加快脚步。

　　"老师！老师……"随着叫声，山顶上，几束微弱的手电筒的光一齐向我照来。接着，一群孩子跌跌撞撞地跑过来。

　　一个说："老师，陶丽说你又要走了，真的吗？"

　　"老师，你还回来吗？"又一个问。

　　暮霭中，看着一个个瑟瑟发抖，清鼻涕挂满嘴巴的孩子，我赶紧解开衣扣，将那个最小的孩子拉进怀里。

　　"老师，你不是说要等到看见石头开花吗？我们正在极力寻找呢。"其中年龄最大的陶丽——一个孤儿，像是充满委屈，更像是埋怨我，"你……你说话不算数？"

　　"我……我是到镇里，给你们买……作业本。"我尴尬地笑着，知道又跑不了了，急忙说，"我梦里都想着看到石头开花呢……"

　　陶丽看一眼我肩头的包，诡秘地笑了。我不得不佩服这个小精灵鬼，是

她，将我"困"在了大山里。半年前的那个傍晚，像今天一样，我第一次当逃兵。大概也是走到这个地方，陶丽带着这群孩子"偶遇"了我（其实他们一直在"盯梢"我），然后以陪我一起走路为借口，给我讲了那个从她爷爷嘴里得来的石头开花的故事。

很久很久以前，这儿的人很愚昧，寨与寨之间常常为了鸡毛蒜皮的小事进行无休止的厮杀。直到出了一名大英雄，他教人认字，让人懂得爱和感恩，于是大山安宁了。天上的仙女知道后，就给大英雄撒花，撒了很多。所以，这儿的石头就能开花了。

说完故事，陶丽还顺便拍了一下我的马屁："老师，你也是那个能让石头开花的大英雄！"

就这样，我的第一次逃跑失败了。

现在，第二次了，又是她。

接下来，他们依然一放学就到山上找开花的石头。我多次劝他们，说："别相信石头开花了，我查了资料，所谓石花，只是亿万年前的燧石结核风化而成的，全世界也只在三四个地方发现过。你们这儿理论上有石花的可能，但还不知道夹在哪座山石里等着大自然的风化呢。"

可他们不听，尤其陶丽，总是认真地对我说："老师，你说过，任何人，不论处在怎么恶劣的环境，只要有心，只要努力，就有开花的日子。老师，我相信你的话，也相信石头和人一样，一定有开花的时候！"

每当听到这样的话，我就不由地感到一阵心酸——可爱的孩子，知道吗，与其说这是老师在鼓励你们，给你们希望，倒不如说是老师在给自己找个留下的理由，给自己一个希望啊。其实老师的心里，真的难以相信你们有开花的日子，就像老师不相信能看到石头开花一样，因为这里的山太大、太高、太多了啊。

不久，女友沾满眼泪的信又来了。我再次决定回到她的身边。

这次，我选择了清晨，我相信他们不会想到我在这个时候逃跑。

山道崎岖，幽暗又寂静。晨风很凉，不紧不慢地吹着，就像这大山里的人，世世代代不紧不慢地过着日子。风啊，你是从遥远的城市来吗？你为什么不送来城市的灯光、城市的歌声和汽笛？哪怕只是一点点——只要一点点，我也不至于做逃兵啊。

"老师！老师……"

我的头"嗡"的一声响，机械地停了脚步，却又立即咬紧牙关，大步向前走。

"老师，我看见石头开花了……"是陶丽在叫。

我告诫自己，再不能上这个小精灵鬼的当了。我命令自己加快脚步。

"老师，看一眼石头开花……再走吧……"陶丽哭叫着，一群孩子哭叫着。

我做梦都想不到他们竟然会在如此的清晨也到山上寻找开花的石头，寻找他们的梦！我的双腿抬不动了。

我木偶般地跟在这群孩子的身后。不知爬过了多少座山，栽了多少个跟头，在一座山腰处，孩子们慢慢停下脚步，站定，不作声，只齐刷刷地打开手电筒。晨曦中，裸露的山石上，一团团碗大的深褐色的石花，在十几束橘黄色灯光的照射下，如牡丹灿烂地笑开了，活像面前这一个个笑逐颜开的稚气的脸。

"老师，我们只是想让您相信，石头真的能开花。"一个说。

又一个哽咽着说："老师，您走吧，别让……别让城里的漂亮阿姨……伤心了。"

"老师，快走吧，我们送您。"陶丽抹一把清鼻涕，平静地说，"我们真的是送您。"

"喔喔喔"一声响亮的雄鸡的啼叫，打破了山的宁静。

"不！我还要等到看见你们开花的时候！"我哽咽着，却异常坚定地说。

生命的馨香

雨 兰

少年时,在乡村,我最喜欢闻草木身上散发出的气味。那气味一丝丝,一缕缕,浓浓淡淡,若隐若无,在我的心里总是那么独特,那么美妙,那么可亲。

草木在大地上安静地生长,它们吸收了大地、阳光、风雨的精华,然后用尽自己毕生的力量精心酿制。我想,每一棵植物都该是一个小型的天然酿造厂、香料加工厂吧,时时散发出独特的馨香。这,也是草木生命的馨香。

我相信普里什文所说的,每一种花木都散发着自己的香味。是的,每一种花木都有属于它自己的独特的体香。草木的种类不同,香型便也不同。有的是浓香型,有的是清香型,有的是酱香型……不,我说的不是酒,我说的就是亲爱的草木,我们的芳邻、朋友。这种独特的香味,也应该是它们这个家族的重要标识之一吧。它们之间可以彼此轻易地"相认",也便于人们很容易地"认出"它们。

我还相信,植物的馨香也与它们的性情、气质有关。草木的性情不同,散发出的香味也会不同。有的香味热烈奔放,有的香味安静持久,有的香味清淡柔和,有的香味细腻内敛,有的香味绵长亲切。就像人,有胆汁质、多血质、黏液质、抑郁质等不同的气质。

小时候,我家的庭院里种有西红柿。在那时的农村,西红柿还是比较稀罕的植物呢!那时还没有大棚蔬菜,很少有人去尝试种植西红柿,乡村的集市上很少见,物以稀为贵,再加上西红柿吃起来酸酸甜甜的,在我们小孩子的眼里,西红柿也算是水果的一种,价格较贵,不列为普通菜蔬的,但我的父

亲喜欢尝试，也有耐心尝试。夏天，他从集市上买了熟透的西红柿，把里面的种子细心地挤出来，放到太阳下晾晒干了，然后仔细地收到小白布包里——家里有不少母亲缝制的小白布包呢，里面分别装着白菜种子、芫荽种子、萝卜种子，等等。等到来年春天，大约是谷雨前后，因为有民谚"谷雨前后，栽瓜种豆"。父亲无处问询，于是便依照民谚开始了他尝试种植的第二步。找出去年存放的种子，小心地撒播在院子里疏松整理好的空地上。父亲居然尝试成功了。不久后，那片试验田里就钻出了绿色的芽，然后长成小小的西红柿苗，长得再高一些就开始开花坐果了。西红柿棵外形和茄子棵外形类似，也难怪它叫番茄呢。受益的总是我们小孩子，经常不等西红柿熟透就摘下来吃了。西红柿的枝叶闻起来有一种怪怪的味道，乍闻起来不太好闻，可是孩童好奇，又总爱靠近了去闻，竟也越闻越好闻，也许，这是一种独特的芬芳吧。

植物性的臭味并不十分可厌，而且你不靠得太近了去招惹它，那味道并不刺激。在老家的田间地头、水沟边，有一种草，茎秆粗硬，小小的叶儿茂密，散发着一种臭臭的味道，不知道学名叫什么，我们小孩子叫它臭棵棵，但是把它的叶子揉搓出汁水，涂擦到胳膊、腿上，可以驱蚊，还能够止痒，皮肤不好的妹妹便经常从地里采了这种臭棵棵来，夏天的晚上，止痒、驱蚊两用。

农闲季节，会做木工活的父亲便开始了他的另一种忙碌：做家具。我们写完作业，便喜欢凑在父亲身边，看父亲用小手锯锯木材，用刨子刨木板，闭了一只眼睛扯墨线，偶尔也帮父亲搭把手。父亲把刨子贴近木板用力前推，一片片的刨花就哗哗地飞出来，真是神奇，刨花散发着树木的清香，很好闻。在我们眼里，父亲简直就是能工巧匠，一块一块的木板、木条，在父亲的手下巧妙组合，就变成了漂亮的小凳子、椅子、桌子、橱子……木工活计很烦琐，也很劳累，父亲大部分时间里是默默地辛劳着，当然，有时也会来了兴致，给我们说些关于木材的常识。还有锯末，冬天里把锯末放进铁盆里烧，可以取暖，我们也会趁机把玉米粒、黄豆粒放进去，爆玉米花、黄豆吃。有些树木的锯末燃烧起来也散发出好闻的味道，不少松木的锯末闻起来香喷喷的，榆木的锯末闻起来则有种甜丝丝的香味。

普通树木的馨香大都是淡淡的,若有若无的,像高大的白杨树体香就非常清淡;而檀木、红松木、花梨木、樟木、冷杉等则是浓郁醇厚的,这也许是它们的高贵之处吧。用花梨木做成的家具,那可是红木家具中的翘楚;樟木箱子放珍贵的衣物、书画最好了,不仅可以防虫,樟木散发的气味简直让人心动。一些草本植物的清香闻起来特别舒服。那时候家里每年的端午都要插艾。我们总在起得早早的清晨,去田野里采艾,与《诗经》里描写的场景一样的美妙与迷人。我喜欢嗅闻荷的香,素朴、清新,带着微微的青涩,闻起来总是那么沁人心脾;野薄荷的身上总是散发着一种清凉凉的芳香,让人嗅着神清气爽……

至于草木开出的花朵、结出的果实,弥散出的那种芳香,更是它们生命芬芳的凝结,是它们生命馨香的精华和浓缩,是绵延和再生,麦子、玉米、黄豆……这些看起来是多么微小、平淡无奇的种子啊,可是,即使你把它们碎成细粒、磨成齑粉,在蒸煮烤焙后,它们仍然能散发出诱人的馨香,这也是它们的本色呢。

办公楼前有一排树,每年的四月份,楼前的几棵槐树准时开出一串串白色的槐花,淡淡的清香,有一种甜丝丝的恬静。五月份,稍微矮些的那几棵树开始开花了。我问过好几个人,都不知道是什么树。那是一种长得多么普通的树啊,真是其貌不扬呢。花朵小而繁密,成串,远远看去,模样也很普通。凑近了看,花朵原来长得是很俊俏的呢,属于十字花科吧,花瓣是洁白纤弱的四瓣。但,花香却是一种很细密醇厚的香,浓郁而美好,温暖而迷人,略带点甜丝丝的清气。办公室在四楼,香气正好顺着小南风飘上来,于是,办公室里便氤氲着这种美好的馨香。有时也觉得花香像调皮娇俏的少女,用它羞涩的微笑撩拨着你,让你有一点点的心旌摇荡,却又不沉迷。整个五月份,有了这种美好的馨香,每一天的心情也是甜美的、欣悦的。

我喜欢瓜果的清香,清爽宜人。春末夏初,甜瓜、香瓜上市的时候,我会多买上一些,然后在客厅里、书房里、卧室里都分别放上几个,吃完后再买了

补充上，如此，白天里在氤氲的瓜香里看书、写字，晚上枕着瓜香入眠，那种甜美的清香实在是美好极了。冬天里吃苹果，我喜欢用热水给苹果来一次小小的淋浴，不仅仅是觉得苹果冷硬，更多的是喜欢热水淋浴后的苹果散发出来的缕缕清香。

草木的生命如此。人类呢？

那天，路过殡葬场，想到人的一生，最后，也不过是一缕轻烟。人常说尸臭尸臭，一具朽骨，烧成灰，这味道是不堪闻的。所以人们更看重名声。名声是外在的，但也是内在的，犹如一个词的内涵与外延。一个人的内心安静而美好，他生命的气息也是恬静、温馨的吧。

每一个生命的独特与美好，在于他散发的生命的馨香，也是人性的馨香吧。再具体化一些，那应该就是善良、正直、诚挚、勇敢吧……

收废品的张爱玲

卫宣利

　　小区里收废品的，是一对夫妻。男人秃顶，黑红脸膛，不善言辞，人却细致，收来的乱七八糟的废品，被他像对待宝贝一样，分类规整。女人干练泼辣，每天骑着三轮车在小区里转悠，谁家有要卖的废品，趴到窗户口招呼一声，她便麻利地提着麻袋和秤跑上楼去。五十多岁的人了，身体却很好，爬上爬下，身轻如燕。她不像别的收废品的人，爱在秤上搞名堂，五斤的东西只给你秤出三斤。她的秤分量足，价格也公道，所以生意还不错。

　　女人自来熟，我们小区的邻居互相都不认识，她却见谁都打招呼，大兄弟大妹子地叫，热络得像自家亲人。我性格内向，看到人不爱打招呼，但每次出门遇上她，她远远地就叫住我，停下来聊几句闲话。她的衣服很时髦，却不搭调，宽 T 恤，哈伦裤，脚上却是一双运动鞋。她说，都是闺女穿剩下的，扔了可惜，瞎穿呗。

　　小区车棚的角落里，有一间小房子，他们收来的废品，都暂时存放在那里。门上斜挂着一个牌子，上面写着女人的名字和手机号，她竟然叫张爱玲。当然此张爱玲非彼张爱玲，她粗糙，俗气，爽朗，热情。虽然生活在社会的最底层，却始终乐呵呵的，饱经风霜的脸上，笑容灿烂如菊花绽放。

　　家里一柜子过期的报刊，留着占地方，我喊她来收。她看到那些旧杂志，欣喜不已，一本本拿起来细细摩挲，嘴里咋咋呼呼地惊叫："都还是新的呢，按废纸卖太可惜了。要不，五毛钱一本我收了吧。等春节带回老家去，给村里的孩子们看。"

　　我爽快地说："要这样，我不要钱，白送给你。"她犹豫了一下，接受了，欢天喜地地抱走了那些书。

　　第二天，我们正吃午饭，有人敲门，打开，她站在门外，手里提着一袋小米。她说："自己家里种的，给孩子熬粥喝，可香了。"我推辞不肯要，她急了："你那一大摞的书呢，比我这个贵重多了。做人要知恩图报。"

　　那次母亲忽然打电话说头晕得厉害，可能是高血压犯了，要我赶紧回去。老公上班未归，一时也找不到合适的人帮忙带孩子，我只好自己带着女儿，慌慌张张地出门。她正好骑着三轮车经过，看我着急忙慌的样子，问怎么了。听我说了情况，她热情地说："你要是信得过我，就把孩子交给我，我帮你带。"我心急火燎，也未多想，便把女儿交给了她。

　　带母亲到医院检查完，天已黑了。路上接到老公的电话，问起女儿，我说收废品的阿姨帮忙带着。老公一下就急了："你怎么这么大意？了不了解就把孩子给人家了？现在拐卖孩子的人多着呢！"

　　我的心也揪起来，赶紧往回赶，进小区就直奔他们放废品的小屋，没人。我全身的汗毛都竖起来了，浑身发抖脚步打战。艰难地走到单元门口，却听到身后有人叫我："才回来啊？赶紧的，孩子都饿了。"

　　我扭回头，果然是她，怀里正抱着我的女儿。我一把把女儿抢过来，抱在怀里，泪流满面。她诧异地问："怎么了这是？"我惊魂未定："吓死我了……"

　　她明白了："怎么？怕我把孩子抱走啊？"又自嘲地笑，"我可没那个胆。我们乡下人没那么复杂，邻里之间互相照看孩子，是很正常的事。你们城里人啊……"

　　她叹息着，走了。我看着她远去的背影，忽然想起来，耽误了她半天的生意，还不曾向她道谢。

　　整个冬天，蛰伏在温暖的家中，很少出去。春天来临的时候，我带女儿在小区花园玩，忽然看到骑三轮车收废品的，换成了一个男人。我向旁边的阿姨问起她，阿姨说，她好像生了病，回老家了。

她只是一个卑微的小人物，去留当然很少有人在意。她的工作也没有多重要，一离开很快会有新人代替。我却常常想起她，想起她带来的那些粗糙的温暖，在这个信任缺失的社会里，她的热忱和忠贞，更显得弥足珍贵。

金　婚

韦健华

　　春阳县要举办一个活动,组织全县的金婚夫妇到著名的富氧地风景区疗养一个月。

　　在公布的名单中,全县 45 对结婚 50 年以上的夫妻榜上有名,康超夫妇名列其中也是自然的。康超夫妇结婚几十年来,不仅夫妻感情好,就是二老每天相携漫步就是春阳县城的一道风景。在县城的滨江大道上,人们经常看到一对满头银发、穿着整齐、富有学者气质的老夫妻携着手在漫步,这就是康超夫妇。多少人看着康老夫妇羡慕不已,多少夫妻把他们当成榜样,多少年轻夫妇把他俩的黄昏漫步当作一种期盼——希望能像康老夫妇一样相濡以沫、白头到老。

　　康超以前是县重点高中的特级老师,他夫人退休前是县医院的副主任医师,两人都是高级知识分子。他们在一次学校与医院组织的联谊活动中一见钟情,经过幸福的恋爱后结了婚,结婚后十分恩爱,并有一对儿女;52 年来,动手打架是他们夫妇的字典里没有的词,夫妻间吵架也只有一次。县里没搞模范夫妻评选之类的活动,不然康超夫妇准名列榜首。

　　可是,看到那个公布的名单,康老夫妇心里一直不安,心中那团阴影又涌了上来。他们不由想起了那难以启齿的事——他俩离过婚。

　　那是四五十年前那个滑稽的时代,康超由于出身不好从县高中教务主任的位子上被打倒,下放到一个农村中学去搞杂务,他夫人在医院虽然没被打倒但也受到了牵连,从主治医师的位子上被派到药房工作。在这样的困难中,两人相互理解、相互体贴,感情不仅没有受到影响,反而越来越好。可是，要命的是他俩听到一个非常可靠的消息，那就是随着"阶级斗争"的深入开展，康超可能要被彻底打倒，也就是要被开除，那就意味着他要到农村务农，更要命的是按当时的政策规定子女要随父亲变成农村户口，到乡下去读书。当时，康超就提出他们假离婚，让孩子跟着他妻子，这样就能保住孩子的城镇户口，孩子也不用去农村上学了。当时，虽然两人都知道是假离婚，但他妻子就是不愿意在康超最困难的时候提到这个让他伤感的词，她开始坚决不同意，尽管康超说他知道她不愿让他伤感，也说他知道她对自己的感情，更是说了他们这是假离婚，丝毫不会影响他俩的感情，可她就是接受不了，结果他俩就吵了起来——这也是他俩唯一的一次吵架。后来，经过康超再三说服，还是为了孩子，她才同意了假离婚。于是，他俩在派出所一个朋友的帮助下办了离婚手续。不过，虽说办了离婚手续，康超还可以不时以送生活费、送米的借口到夫人住的地方去看看孩子或送点东西。

好在他们离婚不到半年，那糟糕的时代就结束了，政治形势发生了变化，康超平反回了城，他俩又在那位朋友的帮助下悄悄办了复婚手续。由于他俩离婚时孩子还小，离婚的时间短，再加上离婚与复婚手续又是悄悄办的，因此儿女都不知道他们离过婚。别说是他们的儿女，就是单位里知道的人也不多。

他俩离过婚，不能算作金婚。康老夫妇想可能是县老龄委的同志不了解这一情况，他俩不会占这个便宜。他俩想过找老龄委说明情况，请他们将他俩的名单撤下，可如果这么做儿女们不仅知道他们离婚的事，还会让儿女因父母为他们做过如此的牺牲而难过。他们也想过不去疗养，那儿女一定不答应。于是，康老夫妇决定悄悄地去老龄委交钱，自费去疗养。

当康老夫妇到老龄委交钱时，老龄委的同志告诉他俩，已经有人帮他俩交了钱。老龄委的同志还告诉他俩说本来他们不在公布名单内的，可交钱的人要求把他俩列入名单中，并帮他俩交了去疗养的所有费用。交款人请求老龄委保密。

在康老夫妇的一再追问下，老龄委的同志才将交款人的名字告诉二老。

康老夫妇当时都流下了眼泪。

交款人就是康老夫妇的儿子与女儿。原来，他们早就知道了父母离过婚的事，也体谅他们不让儿女知道的苦心，为了不让父母因这事不能参加疗养而难过，为了不让父母再想起那不堪回首的往事，同时也是回报父母当初为他们做出的牺牲，他们就去老龄委交款让父母去疗养。老龄委的同志开始不同意，但被他们的讲述与孝心感动了。

回到家中，儿子与女儿告诉康老夫妇："我们知道爸爸妈妈的感情一直没有分离，当时离婚是为了我们。在我们的心中，这是最美的金婚！"

父亲的模拟返航

王继颖

"女儿和你联系了吗？她有一个小时没回音了，真急人！我刚给她充了一百块电话费，也提前嘱咐她充满电了，不可能是手机断电或欠费。"爱人的声音，和电话铃声一样急。

上午，他不停地发着短信，向我汇报女儿的行程："宝贝从学校出发了。""人家透过车窗看风景呢！""闺女已到平乐古镇。""她们已入住临江楼客栈。"

中午，女儿才一个小时没回短信，他就沉不住气了。我嗔怪："总得给人家点儿自由的空间，你这风筝线牵得太紧了吧！"他叹口气："女儿第一次独自和同学出游，我能不担心吗？"

半小时后，爱人的短信又陆续发过来："她们吃过午饭，在河边戏水呢！""宝贝看到很多竹子，很多竹笋。""花楸、金华佛山、王家大院——女儿明天要去的地方。"我的心，也随他的短信，飞到女儿出游的路上。

清明假日，是外出踏青的好光景。女儿在几千里外的成都读大学，放假前一周，就将踏青计划告知我们。她要和女同学结伴出游，目的地是平乐古镇，住店一夜，往返两天。对于平乐古镇，以前我们闻所未闻。爱人上网搜，打电话问，终于验证了那是个可以安全游赏的好去处。一周之后，平乐的自然风光，民俗风情，文化意蕴，他都已烂熟于心：四面环山，竹树环合，花美水清，古径通幽，可以放逐身心，返璞归真……最重要的是，几天时间，他已将女儿的往返路程，在心里，在言谈话语中，模拟了许多遍。

只要女儿还在出游的路上，在几十里外加班的他，还会不停地和女儿短

185

信往来，直到女儿安全返回大学校园的温馨港湾。

女儿离开家，做父亲的，和母亲有着一样的牵挂和担忧。寒假前的那个夜晚，北风呼啸。冷清的街上，他慢慢地开着车，注视前路的目光，不时移到导航仪的画面上。导航仪不时发出的提示音，清晰地响在车内。一次次出发，一次次返回。有着父亲称号的爱人，作为一个驾车新手，心无杂念地行驶于腊月的街头。读大一的女儿即将放寒假，他早已为她预订成都至北京的机票。首都机场距我们的小城有两百多里，女儿想大箱小包地往家带，不愿挤火车，希望爸爸开车去接。他便像接受了神圣使命一般，到一家电脑公司花高价买来最先进的导航仪，安在车里，摆弄许久，却不会用。于是一次次将车泊在电脑公司门外，缠着店内的小伙子，一遍遍地询问。他终于弄清了导航仪每一个操作的细节，却又怕导航失灵，迷失在北京盘根错节的路上。于是，夜渐深时，熙来攘往的小城归于沉寂，他便载我到清寂的街头，随意在一个地方停下，用导航仪设好起点和目的地，便发动汽车，随着导航画面和声音的指引，到预设的目的地，再原路返回。那一晚，起点和目的地换了几次，汽车转遍了小城的大街小巷，都顺利返回出发点。他终于长舒一口气，转弯回家。

几天后，我们顺利抵达机场，等到女儿。返程途中，女儿一路惊呼："我又看到北方的大太阳了！""落叶的树才像冬天的树！"驾驶座上，凝神于前路和导航仪的父亲，欢乐而随意地应和着。这个有着父亲称号的新司机，第一次开车进京，在纷繁错杂的路上，没有绕远，没有迷失，顺利返航，将女儿载回家的港湾。

再往前追溯，高考前几月，苦练十年钢琴的女儿，参加了清华和南开等几大重点院校的特长生测试。结果出来，亮起的却全是红灯。全国范围内万里挑一的选拔，这样的结果本在意料之中。女儿却承受不住打击，自信的笑容随伤心的泪滴滑落，本来优异的成绩也滑落到低谷。貌似粗心的父亲，在女儿面前强装笑颜，暗地里却默默地着急。他反复地念着："如何卸去宝贝心头的石头呢？咱得想办法让她找回轻松和快乐……"那段日子，他和我一起,上网搜励志文字,求助班主任和任科老师,陪女儿散步谈心。

十八年前,他送我和腹中的女儿住进医院。他伴在床前,悄声说:"我梦见过许多次了,女儿生下来,健康平安,我们抱着她回家。回家的汽车和司机我早就找好了。"还是准父亲的他,在梦中,就开始一次次返航的模拟了。

千家万户的父亲,都如我家的这个父亲一般吧? 在呵护成长的过程中,为了孩子在路途上、身体上、学业上、心灵上能一次次成功地抵达,一次次顺利返回平安的、健康的、向上的、温情四溢的港湾,他们一定都有过无数次模拟返航。亲爱的孩子们,回家时,数一数父亲多出的白发吧! 每一根,都见证着深情与无私的记忆。

文盲，岁月和爱

马　浩

记不清在哪儿读到的一则故事，有关爱的故事。

北京某大学一位享受国务院特殊津贴的老教授，在夫人去世之后，从天津乡下带来一位古稀之龄的老太太，老太太不但老态龙钟，而且还是个文盲，让她成为他的继室。一时之间，让家人及同事都无法理解。

这究竟是为什么呢？

这个疑问在老教授去世之后，方才解开。原来老教授与老太太是表兄妹，从小青梅竹马，有了婚约。在那个时代，这样的婚配很寻常，亲上加亲，就像陆游与唐婉，贾宝玉与林黛玉。1944年，两人便在老家举行了传统的婚礼仪式，拜了天地。

同年，他考取了北京的一所大学。为了支持丈夫念书，她也来到北京，做了一名洗衣工，挣钱供他读书。大学生活，让他的思想与追求都发生了变化，他知道近亲婚配有悖科学与伦理，有意疏远她，此时，他喜欢上了一个活泼漂亮的城里女孩，他从那个女孩身上看到了某些新鲜的东西。

1947年春，北京的天空碧蓝而高远，一缕一缕白云悠然地飘浮在长空里，和她此时的心情一样，刻意打扮的她带着妹妹，兴高采烈来学校看望他，当姊妹俩满心欢喜地寻到他，他面对着突然造访的她们却暴跳如雷："谁让你们来的。"晴天一个霹雳，冷雨随即倾盆而下，她的心一下子到了冰点，她不知怎样走出校门的。他哪里知道，她为了来看他，足足走了半天，妹妹问他："姐夫为什么不高兴？"她回答："读书的时候是不准结婚的，他怕同学知道。"妹妹信以为真。她心里虽苦，却相信着未来的甜。

1953年，拜了天地的他们，在父母的逼迫之下，又到民政部门办理了登记结婚手续。一切似乎都那么美好。60年代初期，三年自然灾害时，饥荒笼罩着全国，北京概莫能外，人们为了吃食常常争抢，她为了不让他挨饿，吃糠咽菜，把粮食省下来留给他吃，她小心翼翼地把积攒下来的粮食缝在细长的布袋里，系在腰间，等着他周末回来，让他吃顿饱饭，为此，她瘦得皮包骨头，无数次饿晕在大堆要浆洗的被服前。

1961年，她告诉妹妹，自己没有文化，怕丈夫看不起，所以她要识字，她在街道工厂寻到一份工作，为了更好地照顾他与公婆，她毅然将公婆接到北京。而就在此时，他却向上级申请到远在西北边陲的甘肃去支边，夫妻两人从此分居两地。时间一晃，四年过去了，1965年，她去青海探亲，她发现他完全变了，她有一种不祥的预感，这种预感，她从未有过，包括去学校看他，被他骂。他穿着月白色的确良衫，头发梳得油光可鉴，对她的到来很冷淡，他把她安排在招待所里……最后，他很平静地告诉她，他们之间已没有感情了，更何况他们是近亲结婚，是违法的无效婚姻。就这样，他们在青海平静地办理了离婚手续。

她把一个女人一生最美好的年华都奉献给了他，换来的却是如此结果，可她没有半句怨言。从青海回到老家后，她三天水米未进，一任涕泪长流，整个村子都知道她被读大学的丈夫抛弃了。她还出门跟人家解释："不是他人品不好，是因为我们是近亲结婚，违法。"

不久，她回北京上班。因为年轻时洗被服浸了太多的凉水，她患上了严重的风湿性关节炎，关节粗大，双腿屈伸多有不便，这都是为了供他读书留下的后遗症。1967年，他回到北京重新组建了家庭，她的心彻底死了，最后，在他人的撮合之下，草草地把自己嫁了出去。

不久，他被打成了右派。她听到后，急得不行，她知道他从小都不曾吃过多少苦，这下他怎么熬啊。没了工资，孩子吃什么，穿什么？为了不让他尴尬，她让同她一样善良的丈夫去他家看望，送粮票、布票、油票……1990年，她的老伴因病去世，此时，她已是花甲老人，因为没有子嗣，她回天津老

189

家与她妹妹同住,颐养天年。

看到这儿,大家应该看出一点味道来了吧,老教授的举动也就不难理解了。

她,一个文盲,没有什么学问,却对爱有着如此深刻的领悟,可见爱也不是什么深奥的东西,也许世上许多东西本来就很简单,倒是让世人弄得纷繁复杂了。爱,就是付出;爱,就要甘于牺牲;爱,就不计较得失……或者爱就是爱,无须理由。

我妈妈不是傻子

清 山

  我所支教的那所乡村小学，班里有一个特殊的孩子。他身材比其他孩子都要强壮高大，脸也胖嘟嘟的，跑起步来，脸上的肉一颤一颤的，煞是可爱。让人揪心的是他的眼睛，他的眼神明显有些呆滞。仔细观察他的五官，会发现他的左右脸明显比例不对，一边脸大，一边脸小，仿佛一个长歪了的桃子。

  很显然，这个名叫安康的小男孩是一个智障的孩子。已经上三年级了，他连5以内的加减法都算不清楚。今天费尽九牛二虎之力，好不容易教会了他，第二天，再让他计算，他的大脑好像被格式化了一般，一脸惘然地看着你，口水顺着下巴滴得老长老长。

  从无可奈何到气急败坏，再到循循善诱，这个笨拙的孩子很考验一个人的耐心，那段时间我每天都要单独教安康一遍5以内的加减法，他一边歪着头听我口干舌燥地讲解，一边心无旁骛地看着校园里跑进来的一只鸭子或是一条狗，脸上绽放出开心的笑容，天知道他在想些什么。

  学习数学不开窍也就罢了，最可恨的是，安康经常在课堂上发出各种各样的怪声，引得孩子们哈哈大笑。我几次把他叫到办公室里谈话，但他左耳朵进，右耳朵出，屡教不改。我故意让他把手伸出来，作势要打他。哪知他并不害怕，反而笑了起来："老师，你使劲打，我不怕痛，五年级的孩子都能被我打哭喽！"他说的是实话，学校里的孩子打架没几个人是他的对手，大家都不愿意和他一起玩。他走到哪里，其他同学就四散而逃。

  第一次见到安康的妈妈，我就知道了他智障的原因。作为一个女人，即

使是农村妇女，她也显得太不修边幅了。穿着很寒酸，头发凌乱地遮住了一边的脸，脸上却是乐呵呵的。家中有这样一个智障的孩子，正常的母亲应该是面色悲苦，整日以泪洗面的，但安康的母亲却全然没有痛苦之色。见到老师，她有些局促，也不说话，脸上现出一副讨好的表情。安康中午在学校里吃饭。最让人吃惊的是，他的母亲每天中午都会给送来五个馒头。她走了以后，每顿只能吃两个馒头的安康，就把吃剩下的三个馒头放到了教室的讲台上。班里几个调皮的孩子就用这三个馒头当作玩具，互相抛来掷去，最后三个馒头只能都被扔进垃圾桶里。我一方面意识到这是一个连孩子饭量也算不清楚的傻女人，另一方面感叹母爱的伟大，连精神有障碍的女人也生怕饿着自己的孩子，只是这些不懂事的孩子啊，把这份深沉的母爱轻易地挥霍掉了！

有一天午睡的时候，校园里突然传来一阵哭声。我起身去看，原来是安康在哭，他哭得鼻涕一把，泪一把的，劝也劝不住。远处的篮球架下站着几个二年级的孩子。

"怎么了，安康？谁欺负你了？"

安康甩开了我的手，继续扯着嗓子哭。

"你不是号称最勇敢的孩子吗？不会是让二年级的孩子打哭了吧？"我故意嘲笑他。

安康果然中计，他边哭边说："我只是学了几声狗叫，他们就说我是傻子，说我妈也是傻子。我是傻子，可是我妈不是傻子！"

我听了鼻子酸酸的，示意那几个二年级的孩子过来。

"你们谁说安康是傻的？安康是我们班里最聪明的孩子！他的妈妈和你们的妈妈一样，都是天底下最好的妈妈！以后谁再敢在安康面前胡说八道，我饶不了你们！"

"他的妈妈就是傻子，每天中午都给安康送五个馒头，他吃得了吗？"有一个孩子小声嘀咕着。

"你给我住嘴！那是他的妈妈怕他吃不饱，才故意给他带五个馒头的。"

我声色俱厉地训斥着那几个闯祸的孩子。

待那几个孩子走了以后，我柔声劝慰着仍旧哭哭啼啼的安康："如果不想让别人把你当成傻子，以后就不要在校园里，尤其是课堂上发出各种各样的怪叫声好吗？"

安康点了点头，停顿了一下，他又说："可是他们还说我妈是傻子！"

我趁机教起他5以内的加减法："安康，你妈妈每天中午给你带5个馒头，而你一顿只能吃2个馒头，算一算还剩下几个馒头？"安康掰着手指头，竟然说出了正确的答案。

"安康真是一个聪明的孩子！既然你每天中午只能吃两个馒头，以后，你就告诉妈妈，只给你送两个馒头就行了！否则剩下的馒头就浪费掉了！"

"剩下的三个馒头，是留给您吃的！"安康的回答让我大吃一惊，"我妈妈说我一顿能吃两个馒头，剩下的馒头给老师吃，老师家在城里……这样，老师就会对我好一点儿。"

我的脸一阵通红，此时我才明白，安康为什么把每次吃剩的三个馒头送到讲台的原因了。

后来，问了同校的老师，我才知道，安康的母亲精神正常，人挺乐观，她就在附近的一个工地上打工，经济拮据、出苦力的她哪有资本和精力去讲究穿戴？

安康的变化也令我吃惊，那天以后，他不仅学会了在课堂上保持安静，而且掌握了5以内的加减法。我知道他前后变化的根本原因，安康只是想证明他和他的妈妈都不是傻子！

坏牌不一定会输

吕　麦

　　比尔·波特出生的时候，"顽皮"地"跳"到了地上，摔坏了左脑，使他的右半边身子不能"顺从"地听他使唤，右胳膊基本是摆设。他走路的样子像只虾，前弓着身子一跳一跳，很滑稽的样子。

　　小时候，妈妈教比尔玩"小鸡快跑""首尾相连"的扑克游戏。可是常常，比尔拿到的牌很糟糕，多是"汽车号码"。一来二去的，他就失去了信心，不愿意再打了。可是妈妈告诉他，如果将坏牌巧妙地组合、运用起来，一样能打赢。比如"小鸡快跑"的时候，妈妈出一个红心A，他可以用3个小三"拦截"她，妈妈出一个大毛，他用4个小4合起来"包围"她。"首尾相连"更是有意思，有时比尔打出一张小3，然后一张一张接着打，不一会又会出来一个小3，赢回妈妈好多牌呢。就这样，比尔越玩越有信心，不管抓到再差的牌，他都用心地打下去。

　　比尔到了上幼儿园的年龄，妈妈笑着告诉他，其实，他总抓坏牌，是因为她刻意把大牌藏了起来。比尔傻傻地问："这是为什么呢？"妈妈说："比尔，我的孩子，你和那些健康的孩子比起来，可能是一副糟糕的牌，但你知道，坏牌不一定会输，是不是？"

　　比尔牢记着妈妈的话，用左手学会了写字、手工、画画、投篮……一点都不比别的孩子差。高中毕业后，比尔应聘到世界知名的奥特金斯日用品公司，成为一名上门推销员。他每天早早起床，带上妈妈做的三明治，坐几站公共汽车，到附近的切斯特大街推销。

　　他挨家挨户摁响门铃，礼貌地脱帽，微笑着对主人说："早上好，我可以耽误您……"可是,往往不等他说完,门就粗暴地撞上他的鼻尖。那个沙发上满是油污的琳娜太太,更是对他冷嘲热讽,甚至还放狗咬他。一星期下来,比尔没有做成一单生意。公司老板要解雇他。比尔说:"我相信我能做好!请再给我一星期的时间。"

又一个工作日,比尔吃了一上午闭门羹,肚子也饿得咕咕直叫。他心灰意冷地坐在路边的长椅上,无精打采地拿出妈妈做的三明治,突然开心地笑了。妈妈用红色的番茄酱,在三明治上写道:"坏牌不会输!坚持!"

吃完午餐,比尔精神抖擞地再次摁响琳娜太太的门铃,笑着说:"琳娜太太,您家的沙发太脏了。如果用我们公司的洗衣剂,它不但焕然一新,还能发出淡淡的清香。我现在就免费帮您洗。如果不像我说得那样,您放狗咬我好啦。"琳娜太太终于将信将疑地请他进屋。

比尔一边帮琳娜太太清洗沙发,一边陪她闲聊。琳娜太太失落地说,她唯一的儿子远在意大利。这屋子里就她和一只小狗,零乱地像耗子窝。比尔真诚地说:"哦,琳娜太太,我以后每天都抽时间来看望您。如果有什么需要帮忙的,尽管吩咐。"善良的比尔,打动了琳娜太太。琳娜太太买了他的产品。比尔开心极了,回到家,还在院子里时他就迫不及待地大叫:"妈妈,我成功啦。我要请您吃烤乳牛。"

一年后,比尔用他的耐心坚持、礼貌微笑、真诚善良,让切斯特大街的几千户居民,全都成了他的老客户和老朋友。1992 年,22 岁的比尔,以全年4680 万美元的销售业绩,被奥特斯金公司评为"金牌销售员"。然而,随着电信行业的推广和发展,奥特斯金公司的新总裁取消了"上门推销",而改成电话服务。但是比尔·波特坚持对他的客户"零距离"服务,他认为这样才能让用户对产品性能有足够了解、认识,做出正确选择。直到现在,比尔依然是奥特金斯唯一的"金牌推销员"。

很少有人天生就能得到一副好牌。当我们出生在一个普通人家,容貌平平,记忆欠佳,缺乏眼界和财力,甚至可能糟糕地面对残疾的器官时,请记住:如果手里拿到了一副糟得不算太差的牌,我们一定要争取去赢。如果不

幸摊上一副不能再糟的牌，我们也要耐心地把一张张没用的牌巧妙地打出去，或许最终我们还是能赢。坏牌不一定非输不可。要知道，诗人荷马是个瞎子，海伦·凯勒集聋、哑、瞎于一身，他们手中的牌比谁的牌都糟，但他们都没有输。

温暖他人的梦

徐慧莉

长途客车在一所职高旁停下来，拥上来一群半大的学生。座位填满后，女生们热闹起来，唯独坐在我旁边的一位女生静静地坐着，紧紧抱着大大的旅行包，眼睛盯着前方，很忧郁的神情。我从侧面细细地打量她，中等身材，长相平平，但皮肤较白，看上去纯朴善良，这让我产生了与她搭话的念头。

"你们是刚才那所学校的学生吗?"我轻声问她。

"是的，阿姨。"女生礼貌地回答着，侧过脸来，一脸的稚气，眼神清澈见底。

阿姨? 我还没那么老吧，问清她的年龄后，才发现她的称呼并不过分。

女孩今年刚满十六岁，家住邻县农村，是家中的幼女。平时不太爱念书，用她的话说"一看到书本就头痛"，但由于年龄太小，出去打工家人怕不安全，便上了职业高中。她说，毕业后学校会把她们推荐到沿海城市的工厂里，一个月能拿一千多元钱，还能包吃包住，而且每个月都有几个休息日。女孩说话的神情很愉悦，仿佛沿海地区有的是机会，遍地是黄金，这让我沉默了，觉得应该为她做点什么，但我得找个合适的方式来表达我的关心。

我把身体转向她，将面部表情放松下来，微笑地鼓励她:"好好努力，多学些知识，看你的面相，将来一定不错。"说这话时，我是看着她的眼睛的，她的眼底立刻荡出一股喜气，面色生动起来，嘴角微微向上翘起，一丝隐秘的笑在她的脸上慢慢漾了开去，仿佛初春湖面上的微波。

"阿姨您会看相?"她把身体毫无顾忌地转向我，神情不再拘束。

"啊。"我没说会还是不会，这样的回答怎么讲都很牵强，但庄重的装束为我做了伪证，女孩不再怀疑，滔滔不绝地说着将来的打算，我微笑地听着，

不再插话。

其实，我哪里会看相，我是从女孩身上想起自己年少时经历过的一件事。在我参加中考的那年春天，母亲在父亲单位食堂里做采买，有一天买菜回来的途中，一辆农用车没头没脑地撞上了母亲，母亲倒在血泊，自行车和菜也被撞飞了。所幸的是，事故现场有不少过路的行人，他们帮母亲拦下了准备逃逸的肇事车。母亲被紧急送往附近的医院。经检查，母亲胸部肋骨断裂了七根，幸运的是没伤到要害部位，没有生命危险。在医院治疗期间，家人认识了隔壁病室的一位老奶奶，六十多岁，头发全白，高高瘦瘦，说得一口标准的普通话，跟人说话时表情很和善，据说是位退休老干部。有一天下午，父亲单位有事，便由我担起陪护母亲的重任，那位老奶奶刚好到母亲病房来串门，母亲便向她介绍了我，老奶奶仔细端详着我，笑眯眯地对母亲说："这孩子面相好，下颌尖而上翘，长大后肯定有福气。"听到这话，母亲笑了，我也很高兴。出车祸以来，母亲先是长时间昏迷着，生死未卜，醒来后又一直处在剧烈的疼痛中，很辛苦地支撑着，现在她终于挤出了难得的笑容，朝我脸上看了又看，似乎很满意。我长得酷似母亲，老家有"女像娘，哭断肠"的说法，所以多年来母亲一直对此耿耿于怀，如今听到老奶奶的话，心下肯定甚感安慰。那天夜里，我听见了母亲均匀平静的呼噜声。

这件事已过去很多年，母亲也已康复，那位老奶奶的面容我已经记不清了，但她的话却一直陪伴着我，激励着我，让我对生活充满向往，努力地做好每件事。虽然至今我仍没有大富大贵，但我从未放弃追求幸福生活的希望。

我下车时，女孩恋恋不舍地向我告别，我也向她挥了挥手，静静地看着车子远去。我知道她会快乐很久，在她心里，可能不会记得我这个人，也不会记住我的面容，但她遇到困难时，一定会想起我说过的话，她不会怀疑其真实性，因为有些话陌生人说出来会比身边人的说教更让人乐意接受。

当然，我说这样的话不是第一次，也不是最后一次，在合适的时候遇到需要它的人我还会说。我希望它也能在受听者的心中生根发芽，开出绚丽的花，结出幸福的果，即便做不到这些，最起码也能温暖他们的梦。